Crónicas cualquiera

Román Emiliani Vargas

Estas crónicas incluyen un amplio abanico de posibilidades que, palabras más, palabras menos, compartimos muchas personas y que son parte innegable de nuestra ardua existencia.

Felicidades por haber llegado hasta aquí, a este momento de sus vidas, cada quien en su propio formato y a partir de cada una de sus decisiones personales y sus respectivas consecuencias.

Seamos ejemplo de avance, resiliencia y empatía.

Román Emiliani Vargas.

Edición: Narrando Ando
Portada y maquetación: Linda Astwood
ISBN. 978996217239-0

Dedicatoria

Crónicas cualquiera está dedicado a cada una de las personas con las que he tenido contacto a lo largo de mi vida; familia, amigos, mentores, estudiantes, pacientes, vecinos, colegas, compañeros de estudio, desconocidos, héroes anónimos y otros transeúntes con similares eventos, hechos o situaciones en la vida.

Han resultado ser una gran fuente de inspiración de manera directa e indirecta, colaborando y contribuyendo a mi bienestar o esforzándose en empeorar las circunstancias.

Índice

Prólogo

Si cada persona escribiera un libro sobre sus propias vivencias, nada editado, tan solo la verdad de los hechos, con seguridad se develarían los más extraordinarios relatos. Sobrevivencia, amor y desamor, abandono y superación; ciencia ficción rayando en lo paranormal, detectivescos episodios de búsqueda y misterio, sufrimiento y reconciliación, perdón y la duda que le precede, triunfo...

Habría comedia y humor negro, las más escandalosas revelaciones, locura y cordura en un solo párrafo, sinsabores y vanaglorias, inimaginables muestras de afecto y abnegación, mártires anónimos poco congratulados.

Historias de vida dignas de casos clínicos y códices de filosofía; pasajes de miedo y pánico, con resoluciones o sin ellas, parte del pasado o aún vigentes, bitácoras invaluables.

Sería, sin duda alguna; un menú de opciones para salvarse antes de tomar las decisiones más impulsivas, verdaderos códigos de honor y de silencio; ejemplos por miles, de traiciones, de tolerancia, de perdón, de resiliencia.

He aquí una breve muestra aleatoria personal de ello, ¿y la tuya?

2

Crónicas cualquiera

He sobrevivido

A virus y bacterias reincidentes
con sus consecuentes fiebres y afecciones.
A bajas y altas temperaturas, tormentas de
hielo y pendientes escarpadas.
A la falta de oxígeno en ciertas ocasiones, por
altitud o por inmersión.
A golpizas propinadas por extraños
detractores. A falta de alimentación
saludable; tóxicos y fármacos mal
administrados, productos caducados
consumidos sin reparo.
También he salido airoso
a heridas punzocortantes, hemorragias y
suturas malogradas.
Varias leves iatrogenias, infecciones
contundentes, y con certeza,
algunas sepsis.
A traiciones dolorosas, ingratitud y reveses
de la vida.
He sobrevivido a escasez adquisitiva de
dinero, de alimentos, de amores funcionales.
Reconozco mi fortuna al reponerme de
terribles soledades, noches de desvelo
insoportable, crónicos insomnios, arritmias
por desilusiones indistintas.
Me he librado a tiempo de
pensamientos negativos y
paranoia que enloquece,

muchos tipos de heridas;
cada una con su cicatriz y testimonio,
evidencia paralela con su
carga de experiencia.
He sobrevivido a esas y otras amenazas;
quizás por idealista, por persistente
o pura necedad, sinergia manifiesta; tal
vez por este organismo
resistente a los embates.
De una u otra manera, sigo respirando, unos
dicen que es por algún tipo de misión,
otros, que ese es mi destino.
Yo me doy un poco más de crédito, aun así,
no descarto lo anterior.

Escaparate de ingenuos

En medio de tanta gente,
en el diario avance de la vida,
camuflados entre muchos,
cohabitando o pernoctando,
vociferando a cada rato
que las cosas cambiarán,
que la masa cederá,
que el mundo puede ser mejor
sin tanta indiferencia.

Pero la realidad pesa suficiente,
las jornadas resultan ser
más que desgastantes
y, a menudo, deprimentes,
a pesar de la vehemencia
y los comentarios favorables.

Los ingenuos solo insisten
en buscar alguna opción,
algún trozo de consciencia,
bondades y esperanzas,
algún breve resplandor.

Recubiertos de nobleza,
quieren tan solo el bien,
buscan cambios radicales
y deambulan como zombis, al cabo,
puede que se rindan.
y eso no sería vergonzoso.

Sus luchas han sostenido,
quizás lleven media vida,
miles de incursiones,
de recursos demostrados.

Los ingenuos no es que sean menos,
ni de número ni de potencial,
no es que sean frágiles tampoco,
ni siquiera son tan idealistas.
Es que tan solo piensan diferente,
creen que existen nuevas formas,
formas mucho más viables,
potenciales cambios inminentes.

Los ingenuos están por todas partes,
no se dejan absorber
por aquello que ha tumbado a otros,
creen que lo malo no es tan fuerte,
que es cuestión de tiempo para
que acabe lo peor.

Se enfrentan a canallas, a seres egoístas, a
verdaderos hatos y piaras
de poco seso y nada de moral.
Insisten en sus luchas,
esperando dejos de cordura
que en efecto no aparece.

Y los que no lo son, los pesimistas y quejosos,
se limitan solo a difamar,
a dirigirse con menosprecio
y a ubicar en una vitrina

a todos los ingenuos,
quienes son avistados, por muchos,
como un artículo de ornato,
como algo que no sirve para nada.

De pregnancia y vocaciones

He tenido la gran oportunidad, desde hace ya varios años, de capacitar durante el verano a docentes del sistema oficial de Panamá. Este año (2021), y a pesar del formato virtual, he tenido más (en palabras de Rita Pearson), "conexión emocional".

Han sido docentes de regiones cercanas a esta capital, pero golpeadas por consecuencias sociales y administrativas, y también de zonas lejanas y montañosas, cerca de las fronteras.

He lidiado con las dificultades de una señal intermitente, con el canto de los gallos y de perros desafinados; con oscilaciones recurrentes en el servicio eléctrico, vecinos boicoteadores, vendedores ambulantes, cortadores de césped, chatarreros, motociclistas y repartidores de alimentos.

Mis docentes (mi familia ahora), han hecho ingentes esfuerzos por sostener su atención en las sesiones. He encontrado núcleos de vocación, historias de vida dignas de Best Sellers, empatía sin fin. Personas sedientas por saber más técnicas, más opciones para poder lograr mejores oportunidades.

Me entristece reconocer que también me han afectado las antorchas apagadas, la frustración, la desesperación desmedida, la tristeza y la nostalgia. Todo esto como consecuencia del peso de la realidad, de la realidad virtual académica de muchos, al no poder tener el acceso completo a ella.

Eso me ha llevado a reconocer que yo (en mi infancia) llegué a ellos en peores condiciones, pues no podía ni siquiera sujetar un lápiz, mucho menos, leer...

No me parece que existe mejor forma de saldar esa deuda moral, (las veces que sea necesario) que "estar ahí", al lado de sus arduos intentos por cumplir con las asignaciones de sus capacitaciones, incluso más allá del horario laboral.

¿Vocación?, ¡bah! Vocación desayunan ellos cada día. Esto es: **Trascendencia.**

Apenas migajas

Mínimas cantidades, apenas sutiles
dosis consideradas como justas
porciones; como riqueza encantadora o
algún recurso invaluable.
Y no son más que residuos, pequeñas
virutas de cariño,
si es que eso puede ser considerado tal.

Ofrecidas casi siempre con cierta
indiferencia, con temperaturas no tan
cálidas; más bien templadas,
como vestigios lastimeros, acaso
compasión.

Ansias por proporcionar y compartir
muy a la fuerza de esos retazos
perforados, evidencia de que
no valen nada en realidad,
por lo inadecuado y por lo vacío;
Pero hay quien se conforma y dice que
con eso le es suficiente.

Suficiente cantidad y suficiente de
frecuencia, trocitos de falsas
esperanzas, y pesa, al cabo, la verdad,
toda esa realidad disfrazada.
Y se sabe pronto o luego lo que es,

lo que ha sido, lo que sucede
y lo que no se había aceptado todavía.
Empiezan controversias sobre qué es lo
que ha estado
ocurriendo, todo cayendo
por su propio peso,
nada de nuevas realidades, las cosas no
han cambiado, es solo que, se miran ya
con los ojos bien abiertos.

Y al cabo, se recuperan dignidad y
crecimiento personal, aceptación de
todas esas oquedades,
de los engaños recibidos.

Y ya no son suficientes ni los besos
alevosos ni puñados de migajas ni
tampoco las palabras; palabras
insidiosas que prometían y animaban
en formato indiferente.

Y que ahora ya no duelen,
ya no engañan,
ya no están.

Arneses de mentiras

Poco a poco se refuerzan,
van tomando vida propia
y entonces se habitúan.

Viven y conviven
mentiras con engaños,
con ambivalencias por montones,
comentarios más que ambiguos
y miradas fulminantes.

Grilletes invisibles,
barrotes transparentes.
Bien celdas, bien cadalsos,
a manera de coartadas
o propuestas convincentes.

La mentira tiene tipos
y variantes infinitas,
versiones que no cuadran
y fomentan todo tipo de desgaste.

Todo lo complican,
la mentira y sus secuaces,
mejor quedarse al margen
y alejarse de inmediato.

Empezar por adecuarse
a realidades y verdades
que son parte de la vida;

sabiendo de antemano
que las mentiras

siempre salen y relucen,
que nunca convergen
en alivio y bienestar.

El sendero. (A Franklin W. y Mónica M.)

Un poco de todo se experimenta a cada rato,
desde pasividad del presente aletargado,
hasta ingentes esfuerzos
por querer retroceder el tiempo.

A diario mil sensaciones, a veces, no todas
buenas, ira o culpa; desidia o desdicha,
ánimo o abandono que desmoronan y
derrotan; agotan poco a poco
el balance y la paciencia.

Puede que sientan impotencia y temor
y también, ¡claro!, satisfacciones y alegrías,
breves ensayos de felicidad,
conatos de independencia,
libertad para respirar y celebrar.

Casi todo en secreto pues nadie más los ve,
pero siendo testigos entre ustedes mismos,
eso es más que suficiente.

Suspiros ganadores, manos entrelazadas,
breves sonrisas esbozadas, fijas las miradas
que al cabo se vuelven carcajadas.

Instantes casi eternos que deberían ser
suficientes para compensar todo aquello, eso
que atenúa la luz brillante de hace
tan solo unos momentos.

Sensaciones, acciones y silencios,
todo cabe en esas almas suyas.

Amor del bueno, paciencia de hierro, luz y sombra, nada constata mejor el concepto de empatía, sobre todo, en una sala de hospital. Cada momento es un sendero y uno es su eterno transeúnte.

Hasta luego, Mónica.

¿Eres psicólogo?

Tema llamativo, irrisorio para algunos,
oportuno para otros;
los que buscan un consuelo
o alguna nueva opción,
el apoyo o la respuesta.

Los usuarios inician su camino,
o serenos y expectantes
o con exigencias y acepciones;
cuestionamientos dirigidos,
confesiones indirectas,
desahogos a media marcha,
buscando posibilidades o reiteraciones.
Y eso, a veces, agota,
de hecho, casi siempre,
al pretender que uno tenga
todas las respuestas,
todas las opciones y
la potestad de, por ellos, elegir.

Se pueden verificar eventos,
sortear posibilidades,
indagar proximidades,
fortalecer algunos vínculos,
prevenir avanzadas invasivas,
atenuar duras consecuencias,
hechos que podrían ser peores,
nudos ciegos o exabruptos.

A veces no son suficientes
las buenas intenciones
ni reconocer la realidad.
Hay quienes están ávidos
de recibir todas las opciones.
Habrá que ser cauteloso,
mantener principios y valores;
se puede comentar, opinar, sugerir,
pero no pretender rescatar
una vida entera en media hora.

Gran herramienta la teoría,
cada técnica sabida y aplicada,
para eso uno se prepara, para ser muelle
o faro, referencia, apoyo o guía,
balance entre la metodología
y la calidez de la empatía.

Los conceptos no son todo,
por eso es bueno haber vivido,
contar con bagaje personal
y experiencias de la vida
que fomentan sensatez,
y también ensalzan el criterio.
Uno mismo creciendo cada día,
siendo muestra y evidencia
de todo ese potencial
que todos pueden descubrir.

Psicología para servir a partir de luchas
propias. De vocación verificada; ayuda mutua;
la dada y la recibida. Cada día, cada vez.

En el momento en que te vea

Te he imaginado de mil formas o dos mil, y también la posibilidad de nuestro encuentro.

He pedido a varias fuerzas que me apoyen, he aguardado al destino y sus designios, he creado situaciones, he combinado algunas variables.

Por ejemplo, asistir a eventos masivos o tomar algunos cursos y mucho de ello es, dalo por hecho, pensando en ti.

Tal vez sea una locura, a mí también, a veces, me lo llega a parecer, pero es que lo disfruto mucho en realidad.

No tienes ni la más remota idea, seguro te hablaré de esto, lo haré con mucho gusto.

He visto prototipos y he creído que eras tú, pero en efecto no ha sido así, a veces siento angustia porque nunca llegues ni aparezcas y mi espera quede confinada, abandonada en un rincón. A veces también temo por no saber cómo reaccionar y perder en un instante la anhelada oportunidad. De cualquier manera, estoy seguro de que en el momento en que te vea te reconoceré al instante.

Incluso sin palabras de por medio, me bastará una mínima fracción de segundo, casi nada, para darme cuenta que eres el resto de mi vida, el territorio que habitaré.

Y, mientras tanto, aquí seguiré, a veces esperando, otras veces intentando, pues ya te tengo en mi inconsciente, solo falta que nos crucemos por ahí.

Digamos que lo intento

Tal vez no me lo creas,
quizás te resulte muy difícil,
puede ser que no esté solo en esto.
Pudiera ser bastante complicado,
tal vez haya competencia
porque sin duda muchos te han notado.
Pero no seas vanidosa
que no te queda para nada,
déjame intentarlo,
nadie te presiona.
Tampoco me lances limosnas de cariño,
no quiero las sobras,
esas no sirven para nada
y solo desgastan la ilusión.
Si es así, ni siquiera lo pienso entonces
y paso a retirarme
sin haber expuesto mis propuestas.
Veamos qué es lo que resulta.
No te pongas egoísta
Que alguien como tú jamás tendría porqué serlo
¿Será que tienes miedo a enamorarte?
¿Temor a perder el control que ya habías recuperado?,
Tal vez sea eso.
Noto que has dudado,
no te molestes en negarlo,
déjame indagar a mí.

Cíclica zozobra

Me costará mucho trabajo, lo sé, me esforzaré y lo intentaré, no dejaré que me venzan ni las ganas ni los hechos, no adelantaré el ritmo presentado, evitaré las evidencias que delaten, aunque eso me parezca muy difícil.

No quiero romper el equilibrio ni importunar las pautas dadas, acepto que me agota, me extenúa por completo.
Y no tiene nada de egoísta que me guarde esto que siento siempre y cuando no sea eterno, así no me condena.

Esto pinta desafiante, es cautivante y hasta cae en lo dramático, por la respiración que se contiene, por las ganas de decirlo y acallarlo al mismo tiempo, pero vale la pena, sobre todo por la combinación de emociones y sus correspondientes decisiones.
Se entrelazan las ideas, llegan sobresaltos y suspiros; todo bien presurizado, miradas que se cruzan, pausas y silencios; rubor, evitación, todo frente a ti al mismo tiempo, en el momento exacto en que apareces...

Pero nada pasa, se vuelve todo un clímax, es algo inquietante y quedo paralizado a pie juntillas.
Sé lo que veo, lo que quiero y lo que siento y en tan solo unos segundos todo cae, así sin más.
Regresan, el oxígeno y la movilidad y reinicia todo el ciclo hasta... no lo sé, tal vez dentro de dos minutos
al voltear a verte otra vez a tres sillas a mi izquierda.

Ojos azulados

¡Vaya tono!
El adquirido por las acciones a ti propinadas;
como si de un regalo se tratase,
tú nunca lo exigiste
y fue certera la embestida.
El azul ha quedado como huella
justo alrededor de tu mirada,
por la golpiza y la violencia
y además, de una estampida de improperios
que te aterraron ayer al mediodía.
Sé que no es un hecho aislado ni siquiera irrepetible
y yo con la impotencia, la que frustra en demasía,
veo que padeces y te desvaneces.
Las ofensas perforan cualquier piel
y taladran corazones,
te lo juro que algo haré,
amparado o encubierto
para detener las ofensivas
que lastiman tu destino
y descuartizan tus proyectos,
cada una de tus metas, sean intentos o conatos.
Me duele tanto verte así
y por eso estoy aquí,
para acordar como te rescato
y poder ver brillar tus ojos una y otra vez
sin temor ni humillación.

Reminiscencias

Un zumbido fulgurante en una mínima fracción de segundo y al suelo. Algo de metralla quedó justo en el costado, entre la cantimplora y las costillas.

De inmediato, el insoportable dolor agudo y profundo. Un intenso olor acre, sabor a hierro en la boca y las detonaciones incesantes todo derredor.

Gritos ahogados de auxilio, la vista nublada y perpendicular al horizonte, mitad herbazal, mitad cielo; el pulso resonando en las sienes y la respiración entrecortada por una sofocante tos. La radio inutilizada. Comunicaciones nulas y apoyo menos.

Toda la vida esperando la gloria militar, y ahora, abandonado en un pantano resinoso; emboscado y moribundo, en medio de la nada, nada de heroísmo, nada de medallas.

Las reminiscencias empezaron a llegar, visualizadas en un desordenado collage de flashbacks sepia y tecnicolor; vistos todos en primera persona y con una velocidad cada vez más vertiginosa.

Imágenes de niños en el patio de un colegio religioso, las manos entrecruzadas de dos adolescentes, los cuatro abuelos jugando dominó, un sorbo de mezcal, una lluvia de estrellas, las comisuras de una boca femenina, sexo casual bajo un puente de madera, gimoteos por el *bullying* escolar recibido; golpiza a ese mismo abusador doce años después en un bar de mala muerte.

Arena y espuma de mar en un salvaje *spring break*, miradas cruzadas con desconocidos en una cazada europea, el olor característico y los murmullos de otros compradores en una tienda de vinilos, las chispas de una lata de soda recién abierta, un grupo de graduandos posando para una foto del colegio, cadetes formados en el servicio militar, un nuevo cinturón de karate, cena navideña familiar. Llevando a papá en ambulancia semiconsciente al hospital...

De vuelta el sabor a sangre, estando tumbado y malherido, espasmos por la tos y una extraña sensación de tener la cabeza llena de agua y barro al mismo tiempo.

El cuerpo colapsando.

Y ahora... de nueva cuenta imágenes de papá en una cama inmaculada de cuidados intensivos con una sonda nasogástrica y un catéter transparente; gota a gota el paliativo haciendo su labor con papá mostrando la mirada más pacífica de todas y al mismo tiempo, el indicador zigzagueante del monitor cardíaco descendiendo a la horizontal unitonal.

De vuelta acá en el irremediable, maloliente y agrietado pantano semiseco; mucho frío, miedo y soledad, el último estertor. Intenta sin lograrlo, aclarar del todo la vista por última vez; ya mejor es sucumbir.

«Hola, papá» (tomados ambos de la mano...), y justo en ese instante: Una ráfaga de aire y polvo en los ojos y en la frente, estando postrado bocarriba. Percibe un olor a humo y diésel, al tiempo que nota las borrosas aspas de un helicóptero de rescate sobre él...

Ambas fuerzas

La fluidez se había gestado ya entre esos dos desconocidos, ese encuentro casual y aislado, lejos cada uno de su zona de confort.

Hubo aprobación total y al instante ante cualquier tipo de propuesta. Todo un ingente torrencial de gestos, frases, suspiros y miradas. Una hora duraba casi el triple. Había que aprovechar la coincidencia geográfica. ¡Puro impulso natural!

Todo eso ahora ha sido interrumpido, todo ese vasto anecdotario detenido, pues las separaciones suelen ser parte de los ciclos.

Los protagonistas desesperan por la alternancia del nuevo formato, mezcla de intermitencia entre distancia y coincidencia, enloqueciendo poco a poco por cada momento sin tenerse. Atrás toda aquella cercanía.

Sedientos desamparados; inquietud con ansiedad y viceversa, angustia al no poder estar cercanos una y otro ahora, así como otrora. Se asienta la razón, se buscan mil justificantes, promesas sin sustento, amaina la voracidad de aquellos días ante el precipicio presentado ahora, en el presente. Comen sin hambre, beben sin sed, todo de manera tan mecánica.

Ambos ya no son pacientes, ambos desesperan, todo esto día a día, cada minuto que permanecen separados, muriendo por inanición aquel robusto mazo de mutuas intenciones.

Así a diario, oscilando entre calma y tempestad por ya no poder estar en formato presencial, por las ausencias y la falta de simbiosis, por las sumadas evasivas a fin de ya no lastimarse.

Asomadas ahora las improbabilidades de coincidir, solo habiendo contactos digitales eventuales. La lucha infructuosa ante los eventos antes consumados y la renuncia por lo tácito.

Ambas fuerzas al mismo tiempo tiran cada una a su guarida; el olvido.

Y justo en medio, los ingenuos que ignoraron la distancia (que siempre ha estado ahí).

Efímero inventario

Tienes unas notas frescas, como las de esas tardes de brisa fría y sol radiante. Si parpadeas es como un control remoto que pausa o avanza todo lo que ocurre alrededor.

Me gusta ver como esos estratosféricos ojos se hacen diminutos cada vez que te sonríes, y oír tu voz de programa radial sabatino rompiendo los aislados silencios naturales.

¡Vaya piel!, que va del marrón al ocre y viceversa, según refleje el sol o tú así lo decidas, porque mutas y te conviertes en, mujer en haz o en sombra cada vez.

No sé con exactitud cómo es que conmigo has encontrado la posibilidad de desahogarte y hablas de muchas cosas a la vez, vas hilándolas con ciertas reiteraciones u omisiones.

Me hablas de tus planes, de tus luchas, de los logros y lo pendiente; no paras, pausas, sonríes y bebes otro sorbo de tu cóctel tornasol.

Yo quiero participar y termino solo asentando ante tal alud de exposiciones; anécdotas, testimonios, remembranzas, opiniones y expresiones con sonrisas.

Es bueno verte en medio de este tropel, en formato asequible y con audio estereofónico.

Considerar toda esa madeja de atributos sin dejar de lado tu talento, tus avances y tu capacidad de sobrevivir, tu resiliencia; poca gente siquiera lo sospecha.

Hago un ejercicio; silencio tu voz en mi cerebro y me limito a ver tus ademanes, me concentro en tus tonos y tu acento, obviando tu lenguaje corporal, notando el énfasis que haces en algunas sílabas y tu paralingüística, es todo un festival visual y auditivo.

Seguro que ya habrán elogiado mucho tu cabello y los otros componentes, y sí, lo vale, pero no eres un rompecabezas sino, más bien, un silogismo.

Tocas el dorso de mi mano en intentos por verificar que te atiendo y así es. Y me preguntas mi opinión, acaso grandes amistades.

Con todo eso me encapsulas, te metes en mi núcleo. Pusiste una sillita en mi cerebro, ahí podrás llegar y sentarte cuando quieras, mirar hacia adentro o al horizonte y suspirar, y si gustas, recostar tu humanidad.

La tarde acaba y empieza un corolario; todo el protocolo para posibles reincidencias.

Geografía, matemática, cartografía y estadística, todo un despliegue de ciencias exactas tratando de coordinarse ante tanta improbabilidad...

Hace media hora, desconocidos viajeros con escalas coincidentes y destinos tan dispares, ahora partes integrales, y justo en este instante suena una voz en off, la que anuncia a cada quien la puerta de su andén, de su rampa y su respectivo número de vuelo...

Inequívocamente

Ten mucho de lo que da la vida y consérvalo,
no lo agotes de una vez, resérvalo para
tiempos de complicación existencial.
Ten lo que te alumbra
y no te olvides de las sombras,
que son refugios para cuando el sol
se torna insoportable.

Agua para ti y si es de manantiales aún mejor
por ser pura y refrescante.
Que no haya nada que no tengas en la vida,
tonos brillantes y también mate, gamas
grises y amarillas, lo que te haga tener un
corazón llenísimo de referencias
y parámetros.

Deja estelas por doquier, deja muchas más,
no como un cometa pasajero, no como una
evidencia perentoria; más bien, como esas
auroras sempiternas de cada uno de los polos
para que cuando no estés,
siga permaneciendo tu presencia.

Cumpleaños, cumple metas, cumple sueños.
No dejes ni de suspirar ni de sonreír que,
dicho sea de paso, te magnifica.

Ataca cada incertidumbre,
justo desde el frente y casi de inmediato,
que no haya en ti ningún residuo de duda
ni de suspicacia y mucho menos
por esos eventos del pasado,
esos que yacen sepultados.
El alma siempre pura,
justo como es que te mereces.

Avanza caminando, volando, navegando.
Puedes descansar,
puedes hacer pausas,
puedes reconsiderarlo y puedes
hasta dudarlo.
Tienes todas esas potestades, pero no olvides
retornar a tu sendero, la vía que sin
extraviarte te lleve a estar así de contenta,
así plena como he sabido
que ha ocurrido hoy.

El Kraken

A las razones se les minimiza, hay quienes son expertos en lograrlo, les extirpan la importancia, las limitan a una calidad de insulsas, a ellas y a aquellos que las portan.

Uno es percibido como un ser transparente, en formato de holograma por parte de autoridades, funcionarios o personal de atención al cliente, que justo para eso es que se supone que no han sido contratados.

¡Es que están por todos lados! Impávidos, con sus rostros de arenisca, habitan escritorios como búnkeres reforzados de acrílicos blindajes, de burocrática tesitura sus servicios ofrecidos.

Y nadie que responde, son funcionarios fabricados de ceniza, ninguno que aclare, nadie que oriente ante las dudas o solicitudes.

Solicitudes basadas en razones, argumentos y evidencias dirigidas a oídos sordos y con muy poca capacidad de abordaje. Sin respuestas concretas ni acciones congruentes, ni siquiera a paliativo llega tal mediocre desempeño burocrático.

Y un tropel de funcionarios bulliciosos circulando alrededor, estando dentro y fuera de transparentes oficinas, ajenos a este y a otros casos similares, a otros incautos que van apareciendo.

La razón del solicitante, entonces, abandona la nave de la calma, las emociones desbordadas se rebelan triunfadoras.

La rabia y la frustración arremeten contra la cordura, ¡y contra quien se atreva a estar enfrente!

Y al cabo, se recurre al nuevo protocolo con acciones impulsivas. Ahora la máquina desbocada toma parte en el asunto.

Que no diga nadie que no hubo buenas intenciones iniciales, que no hubo urbanidad, decencia y cortesía de parte del solicitante...

Uno llegó para ser atendido con la esperanza de ser beneficiado, pero ahora, ante tanta indiferencia de tales perniciosos personajes, me temo lo peor.

Nada de cautela ni tampoco manuales de correctos abordajes.

La mecha fue encendida y es alimentada con volátil combustible, adiós a la cordura y sus razones, bienvenida emoción y su vehemencia.

El Kraken ha sido liberado.

"Los falsos trovadores" (A Orencio K. F. M.)

Igual ha sido cada vez. Se disponen los ceniceros, el ventilador resucitado y en la nevera las cervezas. Las botellas de ron nacional e importado ya han sido acuñadas en la mesita central. Vasos listos, hielo igual.

Un nuevo capítulo improvisado de vasta tertulia, sobre cómo reparar los sistemas gobernantes, sociales y geopolíticos desde la clandestinidad está por iniciar.

Una jornada de ácida crítica nihilista y de incursiones personales delicadas y sensibles. Con excelsas teorías parafraseadas al extremo, acaso minimizadas y elípticos ejemplos reciclados de libros, series y vivencias.

Todo lo que sea necesario para atizar la llama crepitante de saber más de las propuestas de cada uno, de los corazones, de las almas y de los cerebros de los participantes; amigos que comparten, brindan y departen. Todos alrededor de una guitarra que cada vez va perdiendo más protagonismo, pero igual cumple su función de vez en cuando.

Los falsos trovadores arman rimas, teorías, axiomas y aforismos que nunca quedarán registrados ni contarán con certificaciones legales, locales, ni mucho menos, internacionales. Solo habitarán en estas nubladas convivencias.

Orencio viste de anfitrión. Bermudas, habano y cerveza artesanal. Alexandra le secunda, y aparecen a destiempo los eventuales, los inesperados, los inconsistentes, los ritualistas, los faltistas, los desfasados, los inconsistentes, los procrastinadores, y hasta los olvidados y los intermitentes.

Elocuentes discursistas, anarquistas de mentira, emprendedores momentáneos, exagerados metafóricos, los retóricos abnegados.

Concurren también, apasionados melodramáticos, eternos melancólicos, leyendas ya en ocaso, recalcitrantes opinólogos, melómanos parcializados, fervientes reincidentes, discretos novatos primerizos; y así, todo un variopinto grupo de representantes de la mayoría de los espectros de la consciencia humana, ¡Vaya crisol de humanidades en tan estrecho espacio físico!

Así ha sido cada cumpleaños de Orencio incluso ahora, pesar de la pandemia.

Ya retomaremos la presencia al acabar esta cuarentena, luego de un par de cepas y vacunas más.

Discurrir

¿Será la boca, el escote o
la luz del total de su existencia?

¿La sonrisa negada y evidente al mismo
tiempo? ¿Sus pasos de ida o los de vuelta?

¿Cada susurro ininteligible?,
¿Las frases austeras, las respuestas cliché?
¿Su condición sobresaliente o su intelecto?
¿Lo evidente o su misterio?

¿Será su indecisión ante quedarse
o irse con sigilo?

¿Cada evasiva o los suspiros que pudieran
traicionarla?
¿Los minutos presenciales o
cada una de las horas que ya no esté?

¿Será acaso que no es nada?, ¿será solo un
gusto temporal, con la velocidad de un
parpadeo?

¿Una ráfaga voraz, abrumadora e inmediata
o un atisbo y solo eso?

¿Serán sus manos o cada comisura?, la
espalda, ¿abrigada o descubierta?

¿O todo lo que no ha mostrado aún?
¿Será lo que noto o lo que ignoro?
¿Sus mañanas o sus tardes o sus
madrugadas o quizás sus fines de semana?

Lo expuesto aquí, ya mismo,
¿Sería suficiente?
Siempre ocurre que hay más preguntas que
respuestas y empiezan las versiones
subjetivas, todas las aristas,
pura conveniencia del
subconsciente complaciente.

¿Será la voz, el delineador?,
¿Su perfume o las endorfinas naturales?
¿Su cabello peinado o despeinado?
¿Verle desde arriba o desde abajo?

No sospecharé ni un segundo más,
no juzgaré, no asumiré,
me daré esta oportunidad,
aquí, en esta fila del supermercado.

El valor de un hombre.
(A Tío Eddy, 23 de junio de 2020)

—¿En qué podría calcularse tal valor?, ¿hay reembolsos?, ¿qué denominación se maneja?

—Un hombre vale por cada segundo que existe, por cada vez que ha parpadeado, por cada gota de sudor y cada una de sus risas y suspiros. Por cada momento explosivo y,

¿Por qué no?, también vergonzoso. Por las decisiones prudentes y las ligeras, cada beso que ha dado o evitado y cada vez que ha dicho ¡Ya no más!

Un hombre vale por los hijos que ha tenido, criado y adoptado y por cada persona a la que ha ayudado. Por sus amigos recientes y los distantes, pero consistentes y por cada desconocido que ha auxiliado desde el anonimato.

Por cada hueso roto, por los nudillos lastimados, los callos en las manos y los pies desgastados, por las ojeras y las canas que la vida cobra por desvelos. Por la sed, el hambre y el frío; por las cicatrices que funcionan como el croquis de su vida. Uno vale aunque tema, aunque huya, aunque dude, aunque ceda...

Cada chiste, en días demasiado complicados, cada abrazo no dado, al ser mucha la distancia. Cada guiño teniendo la salud en contra, por cada *I´m ok*, a pesar de un dolor interno indescriptible y por cada nuevo esfuerzo infinito al haber logrado sonreír. Todo eso vale el doble.

Un hombre vale por su olor a trabajo, a fiesta, a loción, humo, a sudor o licor... a hospital, a lo que ha vivido cada vez. Feromonas y endorfinas que lo evidencian y constatan.

Uno nunca vale menos, todo suma. Los errores, los arrepentimientos, cada perdón dado, pedido y recibido. Por los reinicios, la fuerza de voluntad, la vergüenza. Por caer desplomado dado tal o cual agobio. Todo lo que sea necesario para lograr la paz. La anhelada paz mental.

—¿Cuánto vale un hombre?, es más, ¿cuánto vale un hombre como Tío Eddy?

—No. Ese señor está en otra categoría... en la de LOS INVALUABLES.

Descansa en paz Tío, todos reconocemos tu legado y tu lucha. Saludos a Tío Micky, y ahora, en 2021, a Bono, que acaba de llegar.

Diatriba en ayunas

A pleno rayo solar matutino, con apenas
bocado digerido, la inercia del desvelo
continúa su derrumbe.

El cuerpo resiente y resuena, estertores
expresados; cefalea, alopecia, flacidez, la
boca seca y agrietada, descompensados los
sistemas metabólicos, postrado ente inánime
asido a una tibia taza humeante.

Duro el embate cotidiano;
agotador, nefasto, injusto...
Aquella fuerza desafiante de otrora y aquellos
gritos de protesta, ahora apaciguados,
domesticados, contenidos, amordazados ante
tanta indiferencia, egoísmo
y vaciedad alrededor.

Hoy acabaron en un cesto las ganas de servir
con afán y vocación, por la imprudencia
tenaz, la falta de consciencia; tantos
atentados, tantos yerros de todos a la vez.

Por esas manos que golpean, las mismas
manos que arrojan desperdicios, las bocas
venenosas, autoridades inservibles,
impericia por doquier.

Inoperantes funcionarios, la ignorancia que
se cierne, decisiones surrealistas de políticos
y apolíticos, secuestrado el buen ejemplo,
hecatombe social total.

Apuñalado el menos común de los sentidos,
amordazada la opinión.
Radio y tele emitiendo basura al por mayor,
la gente encadenada a minúsculas estacas
digitales; esclavitud sin grilletes de metal,
redes sociales devorando ingenuidad, modas
breves, modas vanas, modas huecas,
aire enrarecido, injusticia empoderada.

La Constitución de la Nación,
rasgada y remendada, conatos de ayuda
gubernamental insustancial.

Farsas, traiciones, faltas, abandono, niños
sin futuro con presentes desvalidos.
Algún esfuerzo aislado de otros que se niegan
a caer, resistencia que se aplaude, mala hora
para intentar buscar ayuda...

Y la taza humeante pareciera ahora que
sujeta el cuerpo entero aquel.

Todo esto, justo antes de desplomarse
por completo.

Lucas, ten

Hijo, ten todas las oportunidades que te mereces y si no las hallas, ¡pues las creas!

Puede que tengas inconvenientes, mejor aún, eso labrará tu propio temple. Procura aceptar correcciones y opiniones sabias.

Ten de todo lo que sé, de eso que a mí me ha funcionado ¿Y por qué no?, mira mis errores, mis extractos de locura y mis decisiones más tenaces. Lo que la vida me ha otorgado y lo que tanto me ha costado, ve y descubre tú mismo tus verdades, no dejes de explorar.

Respira, decide, intenta, insiste, logra, sé prudente, sé animado y respetuoso. Aguarda el mejor momento y el mejor motivo, no dejes de mirar atrás, no olvides de dónde vienes, recuerda siempre el camino a casa, no necesitas ni llave ni permiso.

Se aprende llorando, amando, perdiendo y aguardando. Se mejora, corrigiendo, cediendo, reiniciando, replanteando.

Cada día, cada jornada, cada vez y con cada quien. No hay límite de tiempo, tal vez sí, de chances. Por eso o los tomas o los creas.

No te tomes la vida tan en serio, detente, mira a tu alrededor, piensa, avanza. No te presiones por nimiedades, distingue lo importante de lo urgente. Has cumplidos y recíbelos con gusto.

No dejes de pedir las cosas diciendo "por favor", sé fuente de luz y aprende a salir de las tinieblas.

Limpia tu consciencia si se opaca con errores y mentiras, asume tus propias consecuencias, no olvides sonreír... y nunca pierdas la humildad.

(Hazlo en el orden que consideres, hijo mío).

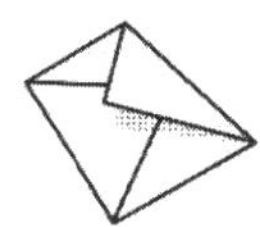

Oda a los clasemedieros (Pandemia, agosto del 2020)

Somos los de la nublada y cada vez menos perceptible clase (socioeconómica) media, los que trabajamos de manera formal y pagamos impuestos durante mucho más tiempo de vida.

Sin detallar en tecnicismos y sin mayor conocimiento de economía, solo con la experiencia de la angustia quincenal y contractual, afirmo y opino por millones de personas. Somos los clasemedieros, los que con nuestras profesiones, vocación, oficios, quincenas y tiempo (horas – hombre), en gran medida:

1. Mantenemos los salarios de los políticos.

2. Pagamos las comidas de los presos e inmigrantes ilegales.

3. Recibimos las peores condenas penales.

4. Pagamos los subsidios de los que menos contribuyen al país.

5. Somos a los que más rápido sancionan las entidades bancarias.

6. Somos los menos considerados y beneficiados en los acuerdos legislativos, nacionales e internacionales de agro e industria.

7. Vivimos ajustados al día con nuestras familias por el compromiso del cumplimiento financiero, moral y social con las entidades.

8. Somos a quienes nos exigen más documentación legal para las inversiones comerciales tipo emprendimiento.

9. Vivimos en un limbo administrativo pues recibimos descuentos directos en nuestros salarios por conceptos de salud y educación estatales para tan solo gozar de manera parcial de ellos y terminar invirtiendo (doble) por tener que recurrir a educación y salud privadas.

10. Somos los menos beneficiados de nuestros propios impuestos por tener que seguir trabajando para cumplir con los pagos y exigencias cotidianas.

11. Somos los que salimos a presentar nuestras quejas de manera más legal (menos escandalosa, corrupta y anárquica), recibiendo toda la fuerza de los antimotines.

Esto no es una denuncia específica. Se trata de la voz de millones, hartos todos del sistema que no nos favorece.

Réquiem aleatorio

Podemos llorar porque partiste justo hoy, o
podemos sonreír por cómo llevaste tu vida.

Podemos cerrar los ojos y pretender que
estés de vuelta, o podemos abrirlos, mirar
alrededor y notar que ya no estás.

Un legado, una vida de bien, de amor,
alegría, esfuerzo y paz, puros buenos
ejemplos, todo lo que vale la pena honrar.

Podemos sentir nuestros corazones vacíos
por tu ausencia, o podemos sentirlos llenos
de regocijo por tu presencia en su momento.

Y todos nosotros, los que te conocimos, de
una gran gama de edades sabemos qué
porción de tu esencia nos pertenece.

El tiempo ha sabido darnos la razón a
quienes te conocimos, todos coincidimos, has
tocado el alma de un montón de gente.

Seguro que sabremos seguir tu noble
ejemplo, retomar tus frases,
contar todas esas andanzas.

Podemos comentar anécdotas contigo
a manera de leyendas urbanas, todo narrado
en primera y en segunda persona.

Las emociones nos juegan bromas y de
pronto, te vemos por aquí, luego llega la
realidad y nos confirma tu partida.

Todos sabemos que no quisieras vernos
tristes, nos queda claro que solo has querido
el bien para nosotros.

Ahora puedo reflexionar y saber que tu
partida es ejemplo de humildad, que nuestra
permanencia es solo temporal y que hay que
sacarle provecho a cada día.

Hay muchas maneras de trascender y tú
ahora lo estás demostrando. Estás aquí, en
lugares específicos y también como referente
filosófico.

Nos visitas cuando quieras; moviendo una
cortina, en la forma de una nube, en olores o
colores y en rostros lejanos semejantes...

Sigamos mutuamente pendientes, nosotros
de ti y viceversa.

Disensiones

Parte de la realidad acumulada de todo el tiempo ya vivido y compartido, unas veces más profundas, otras, estiaje constatado.

Distintas variantes de lo mismo, perspectivas versionadas según sean diferentes los motivos.

Por una u otra circunstancia, por pensamientos, opiniones o proyectos, malas interpretaciones o juicios divergentes.

Atentados al cariño de una y otra parte y no existe nadie que se salve.

Aparecen por doquier, sin previo aviso a veces o con alevosía incluso, porciones de entredichos buscando aclaración, mientras van golpeando a las bondades.

Imposiciones que devastan
y no dan cabida a nada.

Vueltas sobre el mismo eje que no conducen a ninguna parte, que incrementan los humores y las tonalidades.

Se multiplican las distancias y las posibilidades van quedando sepultadas.

Lo peor de todo es la insistencia, volver a morder otra vez el mismo cebo, pretender recibir de nueva cuenta a quien decidió ya irse, a quien ya no está.

Proponer encender la hoguera ignorando todo precedente sin reconocer que se consumirá el poco oxígeno que queda.

Maledicencias y resoplidos, y en ninguno de los aquí reunidos cabe la prudencia.

Así, hasta que alguno cede y amaina la descarga, se toman nuevos bríos para siguientes ocasiones que den inicio a otro nuevo ciclo no muy diferente...

El sexto poder

Ejecutivo, legislativo y judicial. Uno, dos y tres. Por siempre y para siempre incomprendidos entre sí.

Ni el propio Montesquieu supondría tal desastre y confusión.

Los funcionarios no han sabido manejarlos, los gobiernos desconocen su importancia, no existe consistencia en sus formatos. Contradicciones ideológicas y abyectos protocolos predominan, esos tres poderes no dan ninguna opción.

Nació el cuarto con los medios de comunicación, con una filosofía de beneficio a la mayoría; información sirviendo al pueblo, una voz para los oídos de las masas.

Surtidor cotidiano de las bondades y torpezas de distintas entidades. Funcionó por algún tiempo, hoy penden del dinero y de cada caprichoso interesado.

Un quinto poder se manifestó con fuerza, surgió de la necesidad de querer aspirar a más; el manejo de todos los dineros; la economía bien encaminada, la que replantearía presupuestos saludables a favor de las necesidades de todas las naciones.

Reajustes de destinos económicos y todas las finanzas; dar el dinero justo al sector que así lo estuviera requiriendo.

Nada que funciona, ni ese quinto ni los otros cuatro aquellos, perdidos con frecuencia entre decisiones e intereses personales. Voraces apetitos por bienes, propiedades y billetes, megalomanía disfrazada de altruismo.

Actuarios, auditores, contadores, analistas, funcionarios, Esbirros unos, mercenarios otros, incluso esclavos hay.

¿Y si se propone que el sexto poder sea el respeto?

Sin ambivalencia entre leyes y sanciones, sin moneda de cambio ni tasas de intereses personales.

Solo convivir sin andar jodiendo a nadie, respirar en paz y circular sin desavenencias ni resentidos ni desquiciados ni gente que delinca.

Solo transitar con libertad por la vida sin temer ser irrespetado.

Calle Sayago 206

¿Cuánto puede significar un domicilio para alguien? Sin importar el momento en el que ahí se suscitaron los eventos, esos que se fusionaron con el alma.

Circunstancias vividas con los personajes más heterogéneos, experiencias y aprendizajes cotidianos.

Cada día, cada integrante, cada visita y acontecimiento, capítulos de veinticuatro horas, sin contratos ni censuras. Todos hemos tenido un spot así.

Faenas de estridencia, de suntuosidad, de aislamiento y de bohemia, cambios de ambiente tan veloces como los del clima de aquella zona. Cuna de gigantes amistades, de improntas cerebrales, de máximas y aforismos, veta de anecdotarios comunes y de referencias transpersonales, ánfora de reminiscencias, filón de leyendas; de las urbanas y de las otras.

Referencia obligada, cita biográfica inherente, regazo y catapulta, refugio momentáneo para unos, escape permanente para otros. Todo al mismo tiempo.

Amores, abandonos, reencuentros y últimos adioses, bienvenidas, despedidas, primeras veces y reincidencias, experimentos sociales sin consentimiento ¡Vaya crisol!

De ahí venimos, todo este grupo, toda la camada y mucho de lo que somos y tenemos hoy por hoy; licenciatura en resiliencia, maestría en avanzar, posgrado en amistad.

Qué gusto que haya sido ahí, así, ¡y en esos tiempos!, bendita época de los noventa. Y más gusto da que aún, de muchas maneras, seguimos todos vinculados.

Todas esas vivencias de toda esa gente en todo ese tiempo, hace ya más de veinticinco años de iniciadas, sin duda han forjado gran parte de lo que ahora somos en cada una de nuestras vidas; de todas estas almas.

Ya ha ocurrido antes

Lo describió Camus, lo advirtieron las películas de ciencia ficción, lo siguen vaticinando Los Simpson. Ya había ocurrido; plagas, pestes, pánico y encierros.

Editoriales, columnas, sketches, memes, chistes, TBT's, caricaturas, parodias, Lives, coreografías, jingles, ceremonias, documentales... mil paliativos y nada de ceder, puras cifras sumativas, traducidas en dolor, pérdidas y paranoia.

Estamos siendo atacados desde varios flancos. Por un lado, el inminente avance pandémico per se. También, por la desinformación tenaz y escurridiza y qué decir de los mediáticos y pesimistas informes gubernamentales salpicados a diario de contradicciones, imposiciones y restricciones, todo en medio de casos de corrupción desmedida ya sabidos.

Están además los necios acéfalos, los inertes sin pensamiento, los boicoteadores y los recalcitrantes que poco minimizan toda esta entropía y por último, están los conspiranóicos que no son pocos.

Perdón, hay más, los pesudoinfluencers y los tiktokers, con el humor y la sincronización de un tronco hueco, los médicos "expertos" informales con recetas mágicas a través de sus propias redes sociales y baratas notas de voz, los oportunistas que solo ven sus intereses personales.

Los desamparados, los de conductas colectivas apocalípticas, hay también efecto Fomo, histeria, fanatismo, tropel, caos.

Así ha transcurrido este 2020, semanas de quince días, meses de veinte semanas, las casas como ecosistemas y refugios; acaso búnkeres, y todo el concepto tiempo — espacio desdoblado.

Videoconferencias, tutoriales infinitos y los hornos que no han parado su función (hay un interés masivo por hacer pan...) y las series televisivas que no permiten morir a sus personajes, videocumpleaños, videoconvivios, banca en línea, teletrabajo, redes sociales, todos ahora más virtuales que nunca. El Homo Videns de Sartori, un capítulo cualquiera de The Jetsons, cualquiera de las profecías de Nostradamus.

Ya han ocurrido antes; plagas, pestes, pánico y encierro...

Aun así

Aun en tiempos de distancia, tanto por destino como por horarios, a cuestas los meses en los que fue imposible coincidir. Tiempo que invitaba a estar más bien cerca y no tan lejos; con la informalidad justo en medio de cada eventual contacto de monitor a monitor.

Y ahora, con el tiempo estéril bostezando indiferente, como grillete de un condenado al destierro a paso lento, aplacando dudas con recuerdos de aquella intermitente cercanía digital; todo lo que vaga la pena para no morir con el alma congelada.

Husmeando en los lugares sabidos de posible concurrencia, pero nada que aparecen, ni tu sombra ni tu esencia. Ni encuentros personales ni referencias por terceros, desaparición total de la faz de este planeta, ¡Nadie sabe dónde estás!

Ni alharaca ni eco ni zumbidos ni mucho menos aquella cercana intensidad; esas ganas de querer estar al tanto y ahora cero referencias tuyas.

Inminente culpa, insolente senda, indistinto día, insidioso insomnio, inestable alma, inmediato daño, inservible llanto, insensato intento, insufrible idea, insistencia nula.

Mi consciencia está tranquila, que yo sepa no hay justificante de este lado. Por eso la extrañeza ante tal desvanecimiento, pues, todo iba viento en popa según tu propia boca.

Tal vez hubo algo que no vi desde el principio. No es momento para buscar culpables, bien personas, bien momentos, no estás, es un hecho consumado y aun así, todos aquellos esporádicos contactos contigo siguen siendo lo mejor.

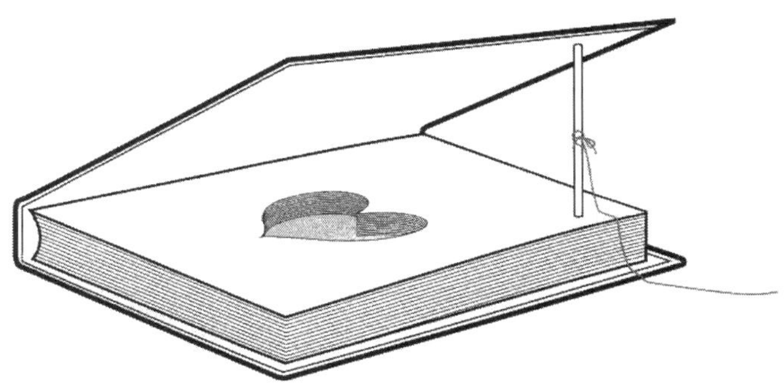

No estás del todo allá
(A Víctor S. Abril de 2020)

Asumo que has dejado cosas pendientes por acá, asumo también, que has descansado de tanto dolor y de tanta angustia, asumo muchas cosas que ahora no debo ni enlistar ni usar como justificación.

He notado mucha inquietud en nosotros, tus compañeros, amigos, estudiantes, colegas, familia y no es para menos, pero de alguna manera eso me confirma cuán valioso has sido para tantos.

Sí, lo sé, uno siempre tiene cosas por hacer, pendientes, proyectos, metas, uno (cuando es proactivo como tú) siempre quiere concluir lo iniciado, uno quiere un pedacito más de oportunidad para “eso y ya”; mil motivos por los cuales no querer irse, pero también es cierto que hay tiempos, momentos, luces, ciclos y finales.

No dudes de que, de una u otra manera, veremos por tus sobrinos (tus grandes luces), te honraremos como te mereces (cuando se permitan las reuniones pospandemia) y se dirán miles de cosas de ti, a manera de leyenda (como te lo mereces).

Sé que quisiste despedirte de una manera apropiada, con el protocolo que tanto te caracterizó, con la solemnidad y las exigencias que tú mismo fomentabas en tus eventos. No te preocupes hermano, lo entendemos.

Tenemos la evidencia, el recuerdo, las grabaciones, fotos, anécdotas, testimonios y toda una hemeroteca que verifica tu infranqueable calidad humana.

No era necesario que te despidieras, lo asumimos tal cual ocurrió, con el honor que te mereces. Honor de hermanos, de familia, de Lasallistas. Ten siempre de nosotros lo inherente. El Tributo. El Recuerdo. El Respeto.

Pd. Por favor, salúdanos a los demás que también andan por ahí, véannos desde ese palco y guárdennos buenos lugares.

"Víctor, no estás del todo allá porque sigues también acá, con nosotros".

Precogniciones reasignadas

Tenía mis creencias, convicciones
programadas desde infante, rígidas
estructuras cognitivas, plantillas ajustadas y
conceptos acuñados, juicios,
prejuicios, ¿qué más da?, igual acaban
ofendiendo, culpando y lastimando.

Al cabo, logré descifrar algunos datos,
confronté sospechas con verdades, confronté
tabúes y mentiras, vivía sujeto a
pensamientos insertados que me aturdían sin
piedad. Insistía en defenderlos como
esquirlas incrustadas.

El cerebro rectangular gobernaba, repleto de
impulsos y mielina. El molino de neuronas
reventaba, imaginando, negando, espiral
indetenible, involucrando impulsos con
acciones, defensa a ultranza de mentiras
y al final, de nueva cuenta esa confusión,
complicación una y otra vez.

Las reacciones corporales no se hacían
esperar, sudoración, respiración acelerada,
vacíos en el pecho, asfixia cotidiana,
envejecía años en un par de meses.

El cuerpo se agotó, se consumía desde las entrañas hacia afuera, el alma parecía que no estaba.

Eran las ideas esas las culpables, no me dejaban sentir alivio alguno, no daban chance al menos común de los sentidos, al descanso tan deseado, a respirar con libertad; entorpecían y nublaban mi avanzar, era prisionero de mi cerrazón.

Tuve que asumir culpas y vergüenza, reconocer mi obtusa perspectiva, esa caja oscura que me encerraba...

Ahora, más bien siento alivio, he reasignado los valores, no le hago tanto caso a aquello, me va mucho mejor; la libertad de comprender, todo lo aligera.

Serendipia

—¡No lloverá el jueves veintisiete, será mi cumpleaños y lo celebraré en esa terraza!

—No seas imprudente, no puedes saber eso, mucho menos aseverarlo.

—No, lo estoy decretando...

—Vaya arrogancia, desconoces por completo cómo funciona la naturaleza.

—Más bien, qué poca fe que tienes tú, el karma se encargará de ti.

Discutían, un vidente y un meteorólogo, y ese jueves, después de mucho tiempo...

Decálogo para trascender

1. Nazca.

2. Admire las maravillas a su alrededor.

3. Aprenda a leer de manera correcta y amplíe su criterio.

4. Viaje cerca y lejos de casa, conozca.

5. Respete y comprenda idiosincrasias.

6. Sea agradecido y comedido, sirva en voluntariados también.

7. Siga su vocación (ejérzala).

8. Interrumpa cadenas generacionales nefastas.

9. Transmita lo que sabe.

10. Muera y espere a que reinicie el ciclo.

Lemniscata

De pronto no hubo nadie alrededor, fue todo muy veloz, una emboscada a la razón, no cabían justificaciones ni argumentos.

Él despertó solo, estaba tumbado en una alfombra; intentó, sin poder lograrlo, gritar y solo se escuchó una suerte de estertor, nada, no hubo respuesta.

Aturdido, concentró sus ideas y recuerdos para darles la ilación correspondiente.

Poco a poco fue aterrizando en lo ocurrido con una suerte de collage mental desordenado, miró sin poder enfocar bien lo que había a su alrededor; desechos, desorden, vestigios. Un intenso olor a perfume, cenicero. Unos cuantos vasos con licor a medio servir.

¿Y los demás?, ¿y ella?, ¿y ese silencio?

Afuera susurraba una llovizna helada, aun así, salió al teléfono público y marcó a ese mismo domicilio.

Una contestadora repetía imperativa y con angustia, hablándole por su nombre, "Hey Jimmy, sabía que llamarías, no vengas".

Era su propia voz.

Menú del día

Amanecer contigo aquí a mi costado,
desayuno informal,
besos, miradas y algo de café.
Jornada de funciones laborales cotidianas,
almuerzo justo al medio día,
comida y sobremesa.

Regreso a las faenas respectivas,
llamadas telefónicas mutuas
y frases que actualicen los estatus.

Merienda a media tarde,
esta vez, sin la urgente cercanía,
solo saludos por vía digital,
Armado de los planes para al rato,
y al cabo, cena de reencuentro,
coctel de reincidencia prometida,
insinuaciones, susurros y propuestas
para justo antes de dormir.

Nueva pirámide de necesidades

Las prioridades habituales,
las que todos aprendimos
que eran imperantes:
La comida y el agua, el techo
y estar a salvo, guarecido.
Los amigos y pertenecer; la autoestima.
Que sean esas ahora un complemento,
pues las indispensables,
a partir de este momento,
viéndote así de cerca, ya sé cuáles son.
Tu sonrisa, tu mirada, tus suspiros,
oírte respirar convencida de que esto
es justo lo que quieres,
saber que nos veremos mañana otra vez aquí
sin importar las circunstancias,
sin esas raras variables del tiempo, el espacio
o los moros en la costa.
Todas esas muchas novedades tuyas
serán, en adelante,
mis nuevos escalones
para sentirme realizado.

Esta misma noche

Tarde despejada precedente,
ánimos justo en su lugar,
espera de reducida incertidumbre.

Anuncios de interesantes proposiciones,
así esperar es más llevadero;
más provocativo que angustiante.

Insumos todos listos,
cada cosa en su lugar, los enseres,
las palabras y las ganas.

Sí, inquietante en cierto modo,
por algún posible o fortuito inconveniente,
como es que suele suceder en la vida.

Lo planeado va según todo lo acordado,
ya el ocaso hace lo suyo y la nevera ni se diga.
Llegas y deslumbras.

Se revoluciona esta habitación,
agitación y calma, silencio y estridencia,
todo un conglomerado, todo,
esta misma noche.

Soliviantar

¿Qué ganas?, ¿eres consciente de ello?,
¿por qué la insistencia incisiva y afilada,
alevosa y reincidente?

¡Qué pesar, cada que ocurre!
Enfrascada en descubrir aquello que no
existe, empeñada en incidir,
y al final, poder lograrlo, ambiente
surrealista, todo tan sui géneris.

Y aparecen las opciones, unas menos viables
que las otras,
cuestionando, emboscando,
todo un soliloquio, egolatría de tu parte.

No eras de esa estirpe,
te conducías distendida, llena de luz y
de optimismo,
siendo más bien apacible.

Ahora has mutado, incitas y provocas,
embistes abandonando la razón,
como resentida por circunstancias
anteriores en tu vida.
¡Me voy! No pagaré por ninguno de esos
platos rotos.

A quien merece honor

Sí, la docencia tiene en sus filas
a grandes entidades, desafiantes asignados,
celosos guardianes del saber,
dignos surtidores de enseñanza.
Sí, la docencia los requiere,
más allá de aquellos que están por razones
muy ajenas, son muchos los buenos y escasos
los insulsos.

Generaciones forjadas por grandes docentes,
puro esfuerzo, abnegación y sacrificio,
oficio que tiende a resultar más bien ingrato.

Yo veo ahora a mis hijos esperar más
a unos maestros que a otros, es natural, es
obvio, no todos tienen ese *je ne se quoi*.

Y alguien citó por ahí:
"En estos tiempos, con casi todo en contra,
ser maestro es un verdadero acto
de valentía y amor".
No hay mayor verdad.

No serán solo mis hijos;
Yo también agradeceré siempre por la
materialización de su vocación,
a gente como usted,
maestra Damaris (Herrera).

Esta saudade

No es injustificada,
no se trata de ningún tipo de melodrama,
acaso desgastante,
una suerte de lánguida espiral,
un recuerdo o dos y listo, se desencadena.

Parece existir toda una comunidad en
semejantes circunstancias,
a veces coincidente entre cercanos, a veces,
casos muy aislados.
Bien invisible o también en versiones
evidentes, secretos a voces. Cicatrices
manifiestas. Gestos que no lo disimulan.

Reminiscencia de los yerros, culpabilidad,
remordimientos, evidencia de las decisiones
no tomadas, arrepentimientos.
Notoria cualidad de imposibilidad,
frustración, nulidad de la autogestión
proactiva, impotencia y desolación.

Concebida en tiempos grises, nutrida de
pesares,
henchida de lo contrario a la vanagloria,
semejante a un zumbido de
baja frecuencia auditiva.

Este y los otros malestares con sus respectivos repertorios de notoria presencia, cada vez que se posa por acá.
Y de carácter invasivo y progresivo, según se permita uno habituarse a ella o salir de ese precipicio.

Estando despiertos

Duerme para descansar la vista y, además, poder darle cabida en tu pecho a las sensaciones recolectadas durante la faena y convertirlas en suspiros. Hazlo para que tus ojos tengan la vivacidad que me sorprende en la mañana cuando, a media luz, me das los buenos días.

Duerme para que tus brazos y tu torso sepan apreciar la frescura de las sábanas que tanto anhelabas hora tras hora, desde que empezó a llover esta misma tarde.

Duerme para que todas esas historias y vivencias de la jornada sean la despensa nocturna de tus sueños, circunstancias de bien y de mal, de amor y malestar y las resoluciones inherentes o pendientes.

Duerme para que reflexiones, para que descanses y retomes el vigor de hoy al mediodía, ese que con la mente despejada te hace decidir sin mostrarte taciturna y así esas decisiones sean mejores que las otras.

No recurras a esos sedantes del espíritu, ni cápsulas rojas ni amarillas ni de ninguna otra que solo afectan la naturalidad del desempeño natural y, siendo así, ya no serías tan tú.

Duerme para que nos sueñes en distintas facetas, que es tan importante como lo que vivimos estando despiertos.

Feminismo olímpico

¿El feminismo es derrotar a todos los hombres, a lo masculino, incluso a las vocales y palabras alusivas, no depilarse y teñirse de rosado axilas y cabeza, romper ornatos, defecar en iglesias y abortar a diestra y siniestra?

No. Feminismo es (entre muchas otras cosas saludables) lidiar con infancias terribles, dolor existencial, vencer adversidades inimaginables, teniendo todo en contra y aun así entrenar, competir, superarse, luchar; caer y levantarse, descansar, retomar; ser atleta de élite y además, una ciudadana destacable, madre abnegada o profesional integral.

Todo con tal de oír su himno nacional en la bienvenida y el cierre, y ni hablar del podio; regresar a casa con una medalla de los Juegos Olímpicos... y continuar llevando agendas saturadas.

¿Suena muy irreal o fantasioso?

Preguntémosle a Oksana Chusovitina, a Shaunae Miller, Yulimar Rojas, Ana Marcela Cunha o a Simone Biles y a todas de las damas que participan, compiten, arbitran, entrenan, atienden, organizan, promueven y dirigen estas gestas.

Felicitaciones a todas. Extraordinario desempeño.

Sinonimia

Que te quiero,
estés lejos o estés cerca.
Que te busco,
lo acates o insistas en huir.
Que te siento,
permanezcas o te disuelvas.
Que fluyes,
incluso estando inmóvil.
Que permaneces,
así no estés ya mismo.
Que apareces,
con apenas suspiros o estridencia.
Que reconozco tu importancia,
que quede asentado por escrito y notariado.
Que me tienes,
escoge tú la hora y el lugar.
Que sonríes,
y me desarmas por completo.
Que conversas,
y no sé si escucharte o contemplarte.
Que trasciendes,
claro, por tus propios méritos.
Que disuades,
y persuades, y convences.
Que regreses,
¿Te lo grito o lo susurro?

Apropiación

Me quedo con tu esencia, con los suspiros y silencios, me quedo con las ganas, con otras docenas de secretos de los que quiero que excarceles, sí, tómate tu tiempo.

Me quedo con tu voz de madrugada, con tus intenciones sostenidas, me quedo con tu ausencia momentánea, con cada adiós apresurado, con todo lo que no me has dicho, con esas frases incompletas, con los espacios inundados por tu aroma y todo eso que has callado.

Me quedo con tu tacto, con tus carcajadas y risitas, con tu esmero por cumplir las metas y tus arranques de locura, con la certeza de que sabes hacia dónde vas tú y tus intenciones. Heme aquí, sosteniendo tu sombra por si te da de lleno el sol.

Que valga la pena cada intento, que sea certera cada frase, que tengamos en común; sufrimientos, soledades o abandonos, pero sobre todo los hilos conductores de las similitudes fervorosas.

Que comprendamos nuestras cicatrices. Me quedo contigo en una sola pieza, que un rompecabezas ya no eres.

No sé, si...

Si buscarte con afán
obviando tu postura y tu sentencia, sin
reparar en gastos y agendas de
antemano elaboradas o detenerme y darle
paso a la iniciativa que tomaste.

No sé si tan solo dejar al tiempo que
discurra, cada uno en su sendero
con sus respectivas consecuencias
o ignorar el convenio no acordado
de distanciarnos sin remedio
y salir de inmediato a perseguir
los rastros de tu sombra.

¡Vaya paradoja!
Si te busco,
pudiera ser que esto nuestro se rescate, si
irrespeto tu premisa, callo y me retiro,
pudieras notar desinterés
y dejar ir una última posibilidad,
luego entonces, perderte para siempre.
Una suerte de entimema.

En cualquier caso debo
tomar una decisión,
y estoy a dos segundos
o renglones de hacerlo.

Lo que sea que evoque tu recuerdo y lo
materialice, jugándome o no,
el último dejo de tu esencia

Razones evitables

Las golpizas a los niños,
pereza existencial,
haber sido codicioso,
no saber perder y menos aún, no saber ganar.
Ignorar voces de auxilio,
insistir en la falacia,
maltratar con infamia y sus
otras cien variantes.
Negar lo que se siente,
derrochar lo poco que se tiene,
menospreciar los potenciales,
porfiar como medio de expresión.
Decir sí, convencido de ser no,
aniquilar los ciclos circadianos,
agotar por completo la confianza de los otros.
Insistir en no pagar,
consumo masivo de teratógenos,
descontinuar iniciativas favorables,
rencores añejados por orgullos desvalidos,
no revisar una vez más,
justificar obscenidades,
mentir más que respirar.
Dejar cada día más proyectos inconclusos,
saltar pasos de procedimientos seguros
previamente establecidos,
ignorar todo tipo de advertencias,
no corregir senderos a pesar de
las malas consecuencias,
pretender no ser uno mismo.

Motivos

No te deseo felicidad ni tampoco éxito, mucho menos salud y esas otras cosas cliché.

¿Por qué?

Pues se sabe que lo que no cuesta nada obtener, que lo que llega fácil, lo que a uno le regalan, ni siquiera se valora.

Por eso hoy, y en adelante, ni siquiera bienestar te deseo... nada gratis.

Lo gratis y fácil, poco se valora, no se reconoce ni siquiera se asume por completo, es nada en este mundo.

Te deseo motivos, asuntos pendientes que cumplir, la necesidad de moverte y avanzar, de, al caerte, levantarte, la satisfacción de lograr cada fragmento de tu trama personal.

Deseo que luches, que avances, que te frustres y lo intentes una y otra vez, que lo logres...

Y si no puedes, entonces me llamas y juntos lo intentamos, tu orgulloso por lograrlo y yo, satisfecho por verte hacerlo.

Multitasking

Soy psicólogo, profesor y locutor,
investigo y capacito, organizo y participo en
eventos académicos, asisto y colaboro,
apoyo y oriento a docentes, niños y sus
padres, perdono y lo permito,
me arrepiento y también enmiendo.

A veces pienso, otras, hago,
crío a mis hijos, me ocupo en ser congruente,
los atiendo y encamino, me refugio en mi
familia, reparo cosas, cocino y coso.

Decido y asumo consecuencias,
bebo ron y nadie me hace escuchar música
moderna, sé que no como saludable,
pero cómo lo disfruto.

Me enfado y desespero,
escribo, expreso mis ideas y todo lo que
siento, moriré sin saber tocar bien la
guitarra, prefiero dormir, que despertar.

Rindo mejor a media noche, pretendo ser
autosuficiente, leo y soy asiduo
al cine y sus rituales,
recurro al pensamiento lateral.

Comprendo y elaboro todo tipo de parodia,
prefiero todo lo mordaz.
Puedo complicarme suficiente o puedo
esforzarme sin medida.
Amo conversar, narrar historias miles.
Busco trascender.

Tenaz

—¿Es cierto que viviste solo en otro país por cerca de quince años?

—Sí, lo es

—¿Y qué te pasaron cosas inusuales como que exorcizaron una casa donde vivías, que dormiste en paradas de autobús y que te secuestraron y golpearon unos policías o que una noche, desesperado por viajar a tu país como indocumentado por coincidencia te encontraste a tu papá en el aeropuerto y él te llevó de polizón con la tripulación?

—También es cierto...

—No te creo que viajaste de mochilero cerca de diez años y que una vez llegaste a un pueblo donde te dieron posada en una funeraria y en otro, pasaste Noche Buena con unos pastores de ovejas comiendo solo tortillas y frijoles...

— Todo es cierto...

— No te creo que también vendiste camarones y artesanías junto a papás de niños indígenas con leucemia para ayudarlos a conseguir algunos medicamentos...

— Justo así ha sido

— ¡Oh, pero qué valiente!

—Bueno, gracias, pero valiente es el hecho es mantenerme al lado de mis hijos cada día, estar presente en sus vidas, apoyarlos y atenderlos a pesar de las adversidades cotidianas... eso sí que requiere ser tenaz.

Ven

—Ven

—¿Adónde?

—No importa, vamos

—Hmm, y si...

—¿Y si qué?

—¿Y si nos pasa algo?

—Sería excelente, estaremos juntos

—Hmm, no lo sé

—Jamás te haría daño ni lo permitiría de nadie

—Es que, no sé, ¿qué tal luego?

—¿Luego?, luego es mucho tiempo

—No estoy segura, tengo mis dudas...

—Bueno, en fin, me despido

—¿Te vas sin mí?, ¿me dejas?

—Te dije que estaríamos juntos

—Sí, pero ¿y si no funciona?, ¿y si dicen algo?, ¿y si?

—(...)

—Ok, pero (...) ¿dónde estás?, ¿te fuiste?, creí que querías que fuera contigo.

Y si en vez de...

Y si en vez de solo soñar, despertamos.
Y si en vez de agazaparnos, nos erguimos.
Y si en vez de huir, nos plantamos. Y si en vez de dudar, decidimos.
Y si en vez de preocuparnos, nos ocupamos.
Y si en vez de criticar, mejoramos.
Y si en vez de seguir evadiendo, confrontamos ya.
Y si en vez de sombra proyectada, somos luz reflejada.
Y si en vez de solo complacer, nos dejamos querer.
Y si en vez de restringirnos, nos liberamos.
Y si en vez de ser espectadores, protagonizamos.
Y si en vez de lamentarnos, empezamos a sanar.
Y si en vez de ver de lejos, nos acercamos un poco más.
Y si en vez de ver llover, salimos a mojarnos.
Y si en vez de tomar fotos, vivimos el momento.
Y si en vez de razonar tanto, nos emocionamos.
Y si en vez de encallar, zarpamos.
Y si en vez de mirar solo hacia adelante, observamos más alrededor.
Y si en vez de escuchar otras anécdotas, somos relatores.
Y si en vez de ocultar las cicatrices, las presumimos.
Y si en vez de cumplir años, cumplimos metas.

Oquedades

¿Con cuánto se llena el vacío existencial?
Con acciones, procesos, ideas o cuestiones;
un millón de horas de casino,
ayunos prolongados, comer hasta el hartazgo,
depresiones infinitas, ira incontenible,
insondable seducción, beber hasta sufrir,
mentir de forma irracional,
comprar miles de vacuos artilugios,
cortes en los muslos y antebrazos,
decenas de capas de maquillaje y correctores,
espetar vulgaridades,
miles de selfies compartidas,
pretender superhombría,
horas extra de gimnasio y vigorexia,
machismo exacerbado, feminismo incomprensible,
maltratar a los ingenuos,
drogas que embrutecen,
intentos de ahogamiento,
huir de manera intempestiva,
desvelos en exceso,
insomnio mal administrado,
envidia, egoísmo y narcisismo,
mutismo selectivo,
otro trago más,
oír música sin respetar los decibeles,
golpes a otros muchos,
megalomanía circunstancial,
vivir en riesgo eterno,
o la más tradicional, aparentar felicidad.

Colector

Recolecto mucho y desde hace tiempo ya.
Palabras, conceptos, información y métodos.

Frases trilladas y también inéditas,
perspectivas de muchas variantes,
momentos extraordinarios y grandes aciertos,
todo lo que pudiera animarme tras alguna sacudida.

Reúno fracciones de eventos sucedidos,
nada exagerado ni descabellado,
solo eso que sé que me alimenta,
tomo, por cierto, múltiples posibilidades.

Con eso armo universos paralelos,
versiones que nunca sucedieron,
que quedaron en "hubieras"
y que fueron más allá de iniciativas incumplidas.

Colecciono fotogramas de la vida,
canciones para mi soundtrack personal,
respuestas confusas en su momento;
aclaradas ya o aún cristalizadas,
todo lo que ha forjado este carácter combativo.

Colecciono mis circunstancias y todas sus consecuencias,
pero mi colección favorita es
la del collage de todas tus sonrisas desde que te vi sentada
aguardando justo ahí,
en esa butaca del cinema.

No te veo

No te veo y no tengo referencias, no sé si esto
sea un buen augurio, porque así, sin verte, te
extraño y reflexiono sobre mis tropiezos y
reconozco el impacto de tu esencia
en mi existencia.

No sé si no verte sea tan malo, pues me he
adecuado a otras cosas ya, adecuado... tal vez
no sea la palabra, digamos, asumido.

No te veo y no sé si estés bien o mal, si sufras
o seas indiferente, si comulgues con acciones
favorables en pro de lo nuestro o lo tuyo e
inviertas tiempo en pensarnos y fantasear.

O si estés tan despejada que no percibas el
transcurrir del tiempo, del tiempo
que fue nuestro.

No te veo y no soy yo completo, sin
obsesiones, pero sí tal vez, apego
intermitente, sin exagerar, pero sí,
persistencia eventual en mi memoria, sin
tanta paz, sin tantos ánimos, aturdido sobre
todo por las tardes, ansias por verte y no
saber si seguirás sin querer estar acá.

No te veo y me resulta confuso. Ruidos de autos que pasan cerca y yo creyendo que sos vos y noto que el teléfono casi ni ha sonado y nada de actualizaciones en ninguna de las redes, ¿dónde te metiste?

No te veo y no sé si sea correcto o inmoral imaginarte así de tanto.

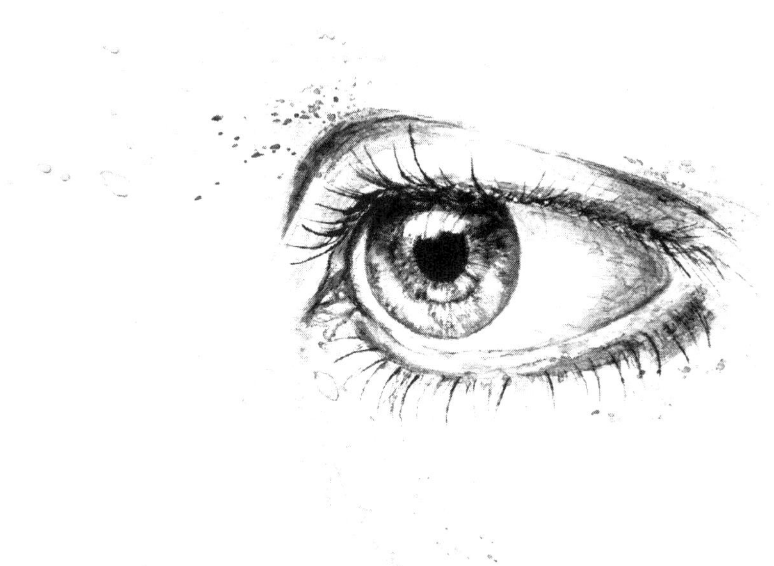

Que

ue te gustan los versos, mucho, aclaras.
Que temes ser vulnerada, insistes.
Que amas la naturaleza, sus detalles y milagros cotidianos.
Que te gusta el eco de las voces que consienten.
Que la tibieza de tu cama solo es superada por el aroma del café.
Que lloras de dos maneras y en dos momentos, tú los diferencias.
Que extrañas con el alma desagarrada, que quisieras no muchas más cosas en la vida.
Que hay un lugar al que quisieras regresar a cada rato.
Que estás sonriendo y sollozando justo ahora, que te duelen mucho ciertas realidades.
Que tu desempeño y vocación son muy satisfactorios para ti.
Que leer te da una inigualable sensación de libertad.
Que cenar, desayunar o merendar con la persona justa, te emociona.
Que vives con mucha más prudencia ahora.
Que regresas siempre a los mismos puntos de tu vida y los cuestionas.
Que has estado tan presente y tan distante, justo al mismo tiempo.
Que te cuesta mucho expresarte en temáticas que involucren a tu alma.
Que te frustran algunas imposibilidades de la vida.
Que avanzas a tu propio ritmo y ya no es algo que te agobie.

Que atrás de tu sonrisa, a veces, hay un precipicio.
Que instalaste un haz de luz tras tu cornisa para esos días de neblina...
Que me sigues encantando.

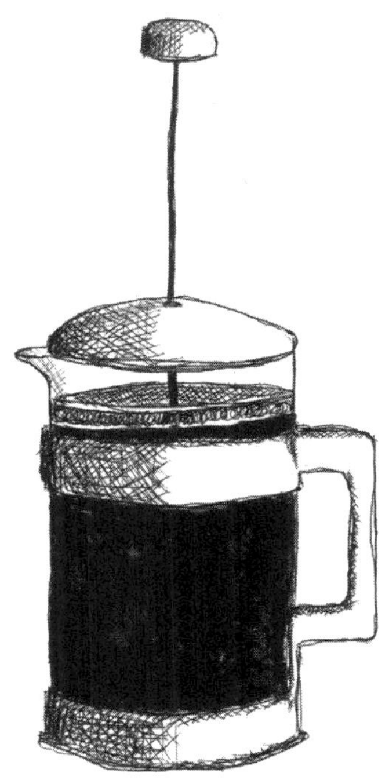

Ausencia y no

No es tan solo ya no estar, a veces el recuerdo
mitiga ese vacío, las ideas pueden
jugar de mil maneras,
acomodar las variables de formas
no habituales y suponer que no habrá
regreso o que esto es momentáneo.

La realidad y los antecedentes
derrumban ilusiones,
no es una postura derrotista, es asumir los
hechos tácitos y abrazar la dignidad como
medio de sobrevivencia; recurso de
emergencia de todos los ingenuos, la balsa
que mitiga todas las dolencias.

Ya no estar es un hecho consumado,
una inherente situación desarrollada,
el fruto de todos los intentos malogrados,
de todas las promesas sin su semillero,
de cada "hola", no devuelto.

La ausencia parece más bien una opción, una
decisión, o bien cierta necedad. Una especie
de alivio temporal poco a poco perpetuado,
nada raro para expertos en vacíos.

Al final, es un ejercicio personal, lidiar hasta que la sensatez haga su trabajo, que no es más que el de mostrar la realidad con hechos y evidencias, apropiarse de nueva cuenta del timón y enrumbar.

Así se encuentran otros muelles y se miran otros faros, a veces, no esperados tan de pronto, a veces, arduos trechos desafiantes.

Tiempo y distancia de la mano, realidad que cae sola por su propio peso.

Ya no estar es más una oportunidad que una lánguida condena.

4.749

(Al 1 de junio del 2021)

En 1977 fui al cine por primera vez, fue suficiente para que se hiciera parte de mi vida.

Todo lo relacionado con él ha complementado mi existencia, a mis doce años vi por primera vez "Lo que el viento se llevó", a los quince, al verla por segunda vez, dije: "Si tengo una hija, que se llame y sea como Scarlett O'Hara"...

Diecinueve años después, me impactó tanto el anuncio de tu llegada, un "positivo" que nunca ha tenido tanto significado para mí, una sacudida tenaz que jamás me orilló a las filas del arrepentimiento.

Sacudida de la que tuve que incorporarme casi de inmediato, pues no había tiempo que perder, ya estabas en camino.

Por las señoritas Leigh y O'Hara, por sus inherentes estilos mutuos, de la actriz y el personaje, por sus paralelismos, tenacidad y sus espíritus combativos, por sus rutas, por sus glorias, sus maneras peculiares y el dinamismo de ambas.

Todo lo que uno espera de una vida que vale la pena, por ellas te llamas así; se propuso, se supo, se dio y ahora aquí estás, en la senda por la que sabía que andarías.

Desde antes que nacieras me comunicaba contigo, te hablaba a través del ombligo de mamá, te contaba del mundo, te leía y te ponía sonidos de delfines, cocinaba para ambas, para hacerlas fuertes y que estuvieran sanas, hacía planes con cinco, diez y quince años de anticipación...

—Oye, perdón que interrumpa tu soliloquio ¿Y ese número al inicio de este escrito?

—¡Es el número de días que Scarlet lleva respirando en este planeta!

¡Feliz cumpleaños, hija mía!

¡Hija nuestra!

De personas como tú

De la gente estándar se puede esperar mucho o poco, son estándar. Suspiros arrancados, besos y susurros, silencios coordinados, alharaca y estridencia, intereses terrenales o configuraciones metafísicas, se puede reconocer, incluso, algún talento aislado o acaso un ramillete, mutismo y aridez según sean ciertas circunstancias.

Contradicciones, congruencia, inconsistencia, arrebatos consumados o grisácea y tenue paz, de un huracán, el ojo; precedente de inminentes ráfagas y caos, todo un ciclo de quietud inmaculada con circuitos deslumbrantes; petricor que no niega lo que viene...

Cada quien con su sistema sideral de infinitas posibilidades, con sus lunas, sus cometas, asteroides, nebulosas, agujeros negros de misterio indescifrable, recónditos espacios de excelsa intensidad lumínica o ingravidez y vacío en un tono azul más bien tirando a plúmbago, con tímidos puntos titilantes que a alguien, seguro, brinden paz.

Todo esto en ciudadanos regulares, novatos en este recorrido. Pero de personas como tú... no se puede hablar así, porque de más está decir que perteneces a otra categoría, a la de las que todo esto ya lo han vivido una y otra vez; seres de inexorable maravilla.

A veces las veces

Sucede un par de veces, nos ocurre cada cierto tiempo, no sé con exactitud por cuál motivo. Pareciera inevitable, es que no encuentro manera de entenderlo.

Ni susurros ni cariño, solo distancia de por medio, que, por cierto, suele ser desesperante. No sé ni qué pensar ni tampoco cómo actuar; tú y tus contrapartes.

Si me callo, “no me importas”, si alego, “soy burlesco”, si me quedo, “casi asfixio”, si me largo, “qué cobarde”. No hay escapatoria, para cada acción mía, siempre alguna zancadilla de tu parte y todo se bloquea por completo.

He optado muchas veces por callarme y retirarme o incluso, mantenerme muy sereno, pero no parece funcionar, y qué curioso, que a veces es placebo.

Todo eso me confunde, no niego mis implicaciones, no defiendo ni sostengo justificaciones, solo quiero percatarme de las bondades y poder volver al curso.

No se trata de una postura vulnerable, no es ningún tipo de capricho, es obvio porque sé qué tanto es que te quiero, y sí, al fin somos dos entes diferentes. Seguro existen dos distintas percepciones, que con suerte, una y otra vez, puede que coincidan.

Cada fragmento de lo dado

Sea en finos materiales o en
trozos de papel con los trazos
de tu mano, sea de tu tiempo
dedicado por completo,
media hora o un minuto,
una llamada en horas de
oficina o estando yo libre u
ocupado, todos tus «gracias»,
esos «y yo a ti»;
y cada buena nueva tuya.

La compañía, tú compañía,
a pesar de la distancia
y de las agendas.
Los llamados de atención,
las sentencias, los
reencuentros. Los detalles y
las cosas que resaltan, lo
discreto y
lo más que obvio.
Las insinuaciones y los planes
cancelados, lo pospuesto
y lo cumplido.
Las mitades de canciones,
las frases incompletas.
Lo textual, lo improvisado,
a veces, el silencio,
aquel que reconforta.

Todas tus ofrendas,
este tiempo compartido,
el futuro contemplado.
Esfuerzos solitarios y mutuos
acuerdos consumados.
Disculpas dadas y pedidas,
lo bonito y las tormentas.
Cenas majestuosas y
supervivencia en
su momento.

Compartir de tu confianza,
deshacer temores rancios.
Las propuestas aleatorias y
lo de momentos exclusivos.
Cosas, hechos, frases, gestos,
sueños, besos.
Cada fragmento sumado,
sinergia acumulada.
Conjunto suficiente
de valor incalculable
y todo lo que haga falta
ir desentrañando.

¿Cómo pretendes que no te quiera?

En todo este tiempo compartido,
mucho o poco, según
hayan sido las variables,
no hemos hecho más que
entregarnos lo que somos.
Lo justo, lo que cada uno puede dar,
me abordas con detalles con miradas
y esos tonos que me vencen.

Me das el espacio suficiente,
entre las agendas apretadas y
los momentos de improviso,
sin reclamos ni reproches.
Comprensión predeterminada que se cierne
sobre esto nuestro. Sabes que me tienes.

No sé qué digan los demás,
no es algo que me importe,
solo sigo recibiendo de ese
rimero de presentes,
pura bonanza intempestiva,
justo de esa que me fortalece.

A veces no lo creo y me pongo paranoico
buscando sinrazones, revolviendo lo vetado,
buscando justificaciones,
amargándome la vida.

Será por mi consciencia
que no es tan pura nada
y, además, por las experiencias del pasado
que me pesan incluso ahora,
pues, por ingenuo creí
en aquellas voces alevosas de las que ahora
cuesta deshacerse.

Loor

A todos mis profesores de licenciatura.
(Fac. Psicología, U.V., Xalapa. Ver. Mex.
1994 – 1999).

A todos ustedes, hijos directos de la buena ciencia, herederos de los pioneros, transmisores de saberes y, sobre todo, del interés humano, de las ganas de servir. Nos compartieron de sus libros, de sus rutas, de sus vidas.

Reconozco todas sus opciones y opiniones, mi cerebro y mi alma se los agradecen.

Por ustedes yo me convencí de mi vocación, aliviaron el peso de extrañar la distancia con el país donde nací.

En aquel tiempo, sin laptops, ni WhatsApp, ni 4G, solo servicio postal.

A más de veinte años de habernos despedido en esa graduación; de haber muerto de emoción (pánico, nostalgia y fervor...), en ese auditorio estatal, evidencia del esfuerzo consumado.

Y ahora, estando ya de vuelta en mi país, forjando mi propio camino, vivo y sirvo con esa misma ciencia, con ese estilo inoculado.

Permanezco por siempre agradecido por todo aquello de su parte.

Algunos ya no están en su formato terrenal, otros brillan por sí solos, unos continúan su despliegue, feroces naves de servicio, hay quienes ahora ya descansan, tras aquellas jornadas incontables.

Mi vida, nuestras vidas; las de todas esas generaciones, los honran.

Por ustedes pude confirmar, aceptar, corregir, retomar, mejorar...

Tengan buena vida
Tengan lo que anhelan,
Tengan buen destino.

Saludos a todos hasta donde quiera que se encuentren...

Ciudad de Panamá, diciembre de 2020.

Con lo que no se nace

No se nace ni con fobias ni con odios, nada
de rencores, tampoco con rechazo a nadie en
lo absoluto, mucho menos se nace con un
alma vengativa. Sin ninguna de esas armas
de destrucción masiva de consciencias.

Solo es cuestión de forjar la materia prima,
sobre todo esa propia de los niños,
material en extremo dúctil.
Futuros empapados
de ingenuidad e inocencia,
existencias ávidas de buenas intenciones.

Sembrar calumnia y desprestigio,
inocular veneno,
sumado a ambientes displicentes,
con carencia de ternura y poca disciplina,
derrotismo o bien soberbia,
eso es solo lava incandescente
en terrenos fértiles y nobles.

No se nace ni con mala voluntad ni con genes
de desprecio, sin ganas de vivir,
con sed de justicia malinterpretada
ni mucho menos con prejuicios
que condenan.

Mejor es dar a un alma pura
lo que se merece,
amor, confianza y presencia,
permitirle expresión emocional,
ideas propias y parámetros maduros.
Gestar futuros de la mano de
convicciones favorables.

Se nace con un amplio espectro
de posibilidades, de potencial apropiado
para el bien... o para el mal.
Cada momento sería adecuado
para una u otra senda,
para plantar en uno u otro semillero lo
necesario para mejorar
o condenar por siempre a un alma.

Mariana del Covid (A mi hermano. Jairo Ch).

Nació la dueña de tu sistema nervioso central. Nació Mariana.

Ya nunca más serás el mismo, ni física ni espiritualmente, serás ahora, parte de, y ya no uno solo.

Ahora estás conformado por secciones, y aunque sé de todo tu potencial, esto es corte e inicio una vez más. Empiezas todo desde cero.

Todo lo que aprendiste, lo que sufriste y has llorado, toda tu soledad, tus risas y tus angustias, cada error, cada arrepentimiento y vanagloria, los vítores por los logros; el orgullo iluminado o pisoteado, todo eso, para esto es que se aplica.

Me siento muy complacido y emocionado porque sé que harás un buen trabajo y debo reconocer que Yari ha sido parte fundamental en esto, ¡Oh, bendita mujer!, extraordinaria mamá que será.

Con "Mariana del Covid" han avanzado un escalón de cariño, de amor.

"No le pidan ser una buena persona, antes, sepan serlo ustedes".

Sensopercepción

La ubico con vista periférica cuando se posa cuatro sillas a mi diestra, la percibo con mi olfato si es que mis ojos pierden el contacto, la toco con la punta de los dedos o rozando su antebrazo si se acerca.

Si me concentro suficiente, seguro escucho sus latidos, pues, puedo notar como palpita la arteria a un lado de su cuello; en este paladar aún persiste su evidencia.

Intuyo sus inéditos susurros estando ella en medio de la gente, atiendo cada una de sus frases y su lenguaje no verbal, opino si hay que hacerlo o solo miro, si eso es lo que corresponde.

Sé qué es lo que le gusta o no, según lo indique su entrecejo, perpetúo los rituales que le placen, evito todo eso que le agobia, he llegado a adelantarme una fracción de segundo a sus respuestas.

Sorteo obstáculos, protocolos, distancias y todas esas amenazas, todos esos potenciales distractores, los filtro concentrándome justo en los detalles; detecto sus temas favoritos, sus gustos musicales, cada moda.

Sigo practicando la lectura de sus labios, agudizo cada posibilidad sensorial con tal de lograr obtener la tan anhelada cercanía.

El mejor de los regalos

Obsequios hay de muchas clases,
en todas las presentaciones,
de mil presupuestos,
materiales, colores y texturas.
La gente los adquiere o los crea y se valoran
según sea la cantidad invertida o bien la
frecuencia en sus entregas.

Yo estoy decidido a darte más que eso,
cosas invaluables; apoyo, tiempo, risas...
Porque sé que a ti te gustan y sé que lo
mereces, por eso pienso darte más trozos de
mi vida, lo que sea que te inspire,
sólo ven y tómalo.

No serán necesarias las justificaciones,
nada de pretextos, nada de evasivas,
obsequiarte lo que te complazca,
yo, a la orden;
imaginarte a cada rato
y entregarte lo que siento,
darte piezas exclusivas,
fruto de mis manos,
escritas, solo dichas o elaboradas
para tu paladar, tu cerebro
y tu capacidad de sorpresa,
suficientes para convencerte.

Te sorprenderé,
improvisaré en muchas ocasiones,
créeme, velaré por tu felicidad.

También, por qué no,
tendré algunos planes contemplados, todo
con tal de mantener tú expectativa viva,
porque seguro que vale la pena
y además me anima,
me fortalece y entusiasma.

Cada suspiro exclamativo tuyo
y la mirada de tus pupilas desbordadas, son
para mí, el mejor de los regalos.

Los inescrupulosos

Son menos de los que parecen, son solo unos cuantos, aunque por sus desventuras cometidas parecieran muchos más

Y se cubren unos a otros, se organizan y se blindan.

En realidad no pudieran ser comparados más que con una piara, reparten entre ellos su voracidad carroñera y su poco sentido altruista.

Su inoperancia política, profesional y social es proporcional a su vaciedad humana.

Están en todos los estratos y comparten carencias semejantes, cero capacidad de empatía, nula comprensión de prioridades; en ningún formato funcionan de manera eficiente.

Analfabetas emocionales, obtusos pensadores, recalcitrantes funcionarios, egoístas ciudadanos.

¡Oh! Estamos rodeados, cercados, secuestrados. Debería ser un delito tipificado tanta ineptitud, por los riesgos integrales que implica su despectivo desempeño.

Daños morales, económicos, físicos, deterioro social, pérdida de vidas y salud, abandono de todo ápice de esperanza.

Los inescrupulosos ven y saben lo que hacen, eso los condena aún más al desprecio Tener consciencia de sus actos.

Sus acciones son tumultuarias, en solitario o en *petit* comité, no logran otra cosa más que afectar, malograr... que joder.

Parecieran invencibles, pero eso no es así, su propia ponzoña los afecta, su gula los traiciona y, en todo caso, recursos como el karma los acaba o si no es mucho pedir, la celda de una cárcel.

Asumir suposiciones y otros martillazos

Entre tantas versiones sabidas;
breves o extendidas,
ambigüedades, opciones y posibilidades,
tiempos pasados o momentos del presente,
argumentos desdibujados,
exageraciones y artificios,
datos recortados, ideas inconclusas,
aportaciones contradictorias
de unas y otras voces,
confusos testimonios y tanta suspicacia
gestada y avivada;
todo en un sinnúmero de formatos.

Puro combustible y comburente,
imágenes creadas, ideaciones paranoides,
juicios y prejuicios,
miedos, creencias, supuestos,
evidencias desleales,
desesperación inminente,
vorágine que asfixia.

Epicentro en el pecho y justo a un costado,
La cabeza a punto de estallar, bombeo de
fluidos, sudor, salivación,
pupilas dilatadas, metabolismo acelerado,
cerebro y cuerpo colapsando.

Todo generado por alguna imagen,
un comentario o
un recuerdo vago,
influenciado por hechos,
bien recientes, bien añejos.

Se dispara una y otra vez
todo aquel caótico proceso
y la consigna permanece.
Exhaustivas ganas de sufrir.

Y es que mientras no se asuma
un cambio de actitud,
más temple o más confianza,
no habitará la calma,
ni en el alma y ni en la mente.

Autoboicot

Que seguro es invento mío, casi paranoia, yo,
como un loco que imagina,
que cree cosas que no son, así me recriminas,
pero sigo mi contienda.

Por eso te confronto, por eso mi insistencia,
so pena de castigo
y aun así te declaras inocente,
lo niegas con tesón, argumentas miles de
variables indistintas.

Yo solo verifico lo observado
en ciertas actitudes tuyas,
mínimos cambios percibidos,
gestuales, tonales y de
otras índoles también.
Todos hablan más por ti.

Tú y tus evasivas, y todo te evidencia,
crees que tu discurso me convence
como si tu voz lo fuera todo.
Lo noto casi de inmediato,
no lo puedes ocultar,
sé que algo ocurre en ti.
Y si bien lo manejas al principio,
terminas sucumbiendo,
pues se va cerrando el cerco.

Y qué decir de tus manos,
tu agitación y esa palidez,
sé que quisieras retomar viejos expedientes,
batallas ganadas de tu parte,
pero aquí no hay espacio para ello
por el peso de todo lo ocurrido
hace tan solo unos minutos.

Justificaciones que atizas con fervor,
todo eso que contrapones con esto
que tengo justo aquí,
toda esta evidencia en formato digital.

Quise verificar tu dignidad y apostar por tu
integridad, pero ya veo que insistes en
mentir, en negar lo que cae
por su propio peso.

Y sin esforzarme por andar adivinando,
te traicionaron, el tono de tu voz, tu cuerpo
y la mirada.

Líneas temporales

¿De cuántas maneras hemos coincidido? Con
miradas, con las voces y las manos, unas
veces más cercanos y otras casi nada.

Nos hemos extrañado, que también es como
estar cerca. Nos lo hemos expresado con
suma sensatez.

Nos recordamos con canciones que hablan de
lo nuestro, de extrañarse, de cariños,
de pasiones.

Nos hemos ubicado en poemas y en guiones
de películas, en un lenguaje cursi y
recurrente o en formatos tácitos y simples.

Qué contradictorio que ahora en la distancia
nos tenemos más cercanos.
Ha sido matemático,
inversamente proporcional.
Más cerca la pasión, más lejos cada cuerpo.

Vaya aporía, estando lejos, sintiendo mucha
cercanía, nada mal para
un par de mortales citadinos.

Mucho para dos simples trashumantes que
no saben si se extrañan demasiado
o si se necesitan.

Las probabilidades no juegan a nuestro
favor, hubo solo un chance y se tomó una
decisión y otro
momento así no parece circundar.

Arrepentimiento, reclamación,
celebración, resignación.

Cuatro escenarios, cuatro líneas temporales.

Pulsiones persistentes

Puro instinto básico.
No otra cosa más que antojos;
por ganancias, por placer.
Egocéntricas pulsiones.

Innegables e insistentes y mucho
menos desapercibidas. Inconscientes al fin
y al cabo, presencias inherentes,
pilotos automáticos.

Voraces e inmediatas; repentinas ráfagas de
antojos, progresivas, *in crescendo*;
advirtiendo su llegada,
sin por eso dejar de cumplir su cometido.

De poca tolerancia a los protocolos
y otros trámites,
desconociendo cláusulas morales;
poco control de los principios,
muchas ganas, desbocadas
intenciones sin querer medir
las consecuencias.

Vulnerabilidad semipermeable.
Alguna posibilidad de juicios atenuantes,
leves fuerzas contingentes, cierto dejo de
consciencia, pero nada contundente.

Mientras tanto, la embestida continúa, las
pulsiones van creciendo,
se agrupan en secciones, según sea su
conveniencia.

Aguardando siempre, rondando en espiral,
justo al pie de la reja que divide
la imprudencia y la prudencia, esperando la
largada, rondando el punto de
inflexión.

Saber de antemano que existen
consecuencias,
que esa fuerza interna tiende a no ceder.
Que esos impulsos tienen que aguardar
colmados de paciencia
hasta el próximo minuto
y el posterior a ese.

Neutrales las esquinas

Sin odio, sin malas intenciones,
sin saña; ya hubo tiempo antes para eso
y no se percibieron resultados.

Sin intempestiva sed de venganza, ya afuera
del tornado, silencio y paz
sin interminables ciclos de malos entendidos.

Ya no. Hasta en eso es posible madurar
y no es visto ahora como cobardía,
debilidad o derrotismo.
Es simple, uno ya no quiere andar chocando
de costado ni de frente.

Ahora es más semejante a un lago en calma,
que a pesar de ser una gran masa de agua
con harta vida y potencial,
solo yace inamovible.

No sé si esto sea permanente, no sé si esta
sea la meta o si vendrán nuevas oleadas.

Cada uno ahora en un extremo, en formato
geográfico, filosófico y argumentativo;
polarizada ubicación. Neutrales las esquinas.

Mirando justo al frente, lenguaje en
monosílabos, más silencio que bullicio,
ya ni siquiera insistencia o desconcierto.

Progresivo sí que sucedió,
horadando lo que hubo sido
prometido como un compromiso para
siempre, a diario acentuado cada eventual
agravio ante tal o cual iniciativa.

Sí, intentos y reintentos; sí, tímidas mejoras,
momentáneos centelleos, insufribles
reincidencias; no más que eso, espiral hacia
el vacío, llamado ahora «paz» (¿?).

Carta a nuestro "Colo" (A un año) Panamá, 9 de enero de 2018.

Hermano, no puedo decirte nada que no sepas ya... todo lo que hemos escrito y hablado de ti en este año seguro que ya lo sabías; que te extrañamos, que te queremos, que te tenemos presente, que contagiaste cariño, que nos duele que no estés, que sabemos que estás bien... Sin embargo, nunca está de más expresarse, no importa lo obvio que pueda resultar.

Gracias por esa luz, por el legado, por tus frases, por tus hijos, que harán algo bueno por esta sociedad (no lo dudo). Por haber estado tú ahí.

Salvaste vidas, evitaste que esos niños fueran atacados y el resultado hubiera sido mucho peor. Has sido como esos héroes aislados, que se hacen virales en sus videos de redes sociales por sus buenas acciones.

Cualquiera que te conoció puede con tranquilidad decir "es que el Colo fue un gran pana" o "ese compa no paraba de reír" o "yo del Colo aprendí que..." ¿Qué mejor evidencia quieres?... Si todos estamos complacidos de haber vivido algún suceso con vos...

No es importante el tiempo, no es malo llorarte, no es cierto que eres del pasado... aquí andas todavía. Como esas leyendas que hasta los abuelos siguen contando de otras gentes de aquellos tiempos.

Como en los libros de historia y esos cuentos de barrio que hacen que la gente se sienta a gusto por haber vivido y dar su testimonio, pues así.

Estrecho tu mano y noto tu risa, bebiéndote un trago sin parar de hablar de todo al mismo tiempo...

¡Juventud, divino tesoro!

Por si aún estás alrededor

Si hubiera alguna referencia que me indicara
que aún andas por aquí, algo que me
conectara contigo, más que tan solo
pensamientos e ilusiones de mi autoría.
Algo más concreto, menos pretencioso.

Acaso una llamada,
un aviso en el periódico local,
indirectas en cualesquiera de tus
redes sociales,
una canción dedicada en la estación de radio,
verte de lejos en la plaza
un martes a la tarde...

Ya no estás y asumo los motivos,
se te extraña por acá, ojalá estuvieras
al pie de mi escalera.

No te recrimino nada,
no estoy orgulloso de mis acciones,
no te juzgo,
no se trata de abrumarte.

Solo queda la constancia,
la evidencia de ya no estar, la inercia del
silencio, el eco monosílabo.

Si regresas algún día por aquí sabiendo que
no será por mí, ingenuo yo,
sino por diligencias, algún hobby o cuentas
por pagar, asómate por esta calle.

Pasa por ya sabes dónde y mira donde estaba
nuestro metálico balcón, tal vez yo ande
fuera en ese momento y no podamos
coincidir, seguro fui a buscarte
en algún otro lugar.

Si quieres, deja alguna evidencia,
nada formal, nada suntuoso.
No sé si prefieras argumentos,
justificaciones desgastadas, detalles
maximizados, datos rebuscados, una letanía.

Si decides regresar, busca en los lugares que
eran nuestros, en el tiempo transcurrido, en
los autores favoritos o en el renglón
número quince.

Quien calla y quien ya no

Uno y otro son valientes, una postura no invalida a la otra, todos nos podemos asentar en cualquiera de ambos flancos, todos nos hemos refugiado en hablar o en todo lo contrario.

Las respectivas cruces también pesan muy distinto y sus materiales varían mucho, así como sus texturas y contornos, pues, son cruces y justo eso representa...

Se calla porque se sufre, por estar avergonzado, por cautela, por orgullo o dignidad.

Se habla por escape, por liberar y compartir, con la idea de encontrar algún apoyo; se habla porque el alma ya no puede más.

Y ante cualesquiera de esas dos posturas, nada como saber que por igual ambas tienen sus bondades, que en cada caso se cumple la misión de haber cumplido ese objetivo, el de pretender (al menos por el momento) no empeorar la situación.

A los asiduos de una u otra sepan que no importa asumir la otra opción, guardar silencio o expresar los malestares según sea el caso, seguro que lo vale.

Callar o vociferar, conservar o relegar, siempre existen ambas como alternativa, si el alma aún lo soporta, que cualesquiera de las dos de antesala a mejorar la situación.

Nuestro BONO

Poco resta decir, pocas cosas no se saben y de todo hay evidencia, cada uno de nosotros las tiene en su historial, miles, miles de anécdotas sumadas y leyendas.

Con tus ciento cuatro años viviste las dos guerras mundiales, plagas, dictaduras, invasiones militares, innovaciones tecnológicas, muros caídos, revoluciones, independencias, generaciones humanas, eclipses y cometas, solo te faltó una glaciación, nada te detuvo.

Condecorado por unidades militares de élite y por gente del barrio por igual, referente y ejemplo de lucha social, de amor a tu patria, anecdotario musical, con el tango, la salsa y el bolero siempre por delante, percusiones y maracas, whisky y zapatos B&W, guayaberas y boinas combinadas; porte y elegancia, meticuloso, sobre todo, a la hora de comer, amoroso Don.

Creo que la esquela "le sobreviven...", le queda demasiado corta, pues somos un montón, decenas, centenas de todas las edades, suficientes para mantener vivo todo tu legado, para honrarlo, para sentirnos orgullos de llevar de esa buena sangre.

Parece que te escucho, viéndonos a todos aquí reunidos preguntando por qué las caras tristes, si lo importante es vivir, justo como él lo hizo. A plenitud.

Siempre opinando sobre todo, cuestionando, comparando, apurando.

Y Chayo, ahí. Preciosa, bonita, elegante, calladita.

Tenaz ejemplo de cómo acompañar a quien se ama.

Familia, celebremos a Bono, que se ha reunido con todos los demás. Celebremos la vida, que es justo lo que él nos enseñó.

Lo único que no es cierto (a quien ha perdido a alguien)

Aún andas por aquí, pues juro que deambulas y esta casa huele a ti. Aún te escucho y conversamos.

Me abruman tus palabras, tus consejos, tus regaños, cada carcajada; se entremezclan el pasado y el presente, incluso escucho el eco de las frases más sonadas de tu parte.

Me hace falta cabeza para tantos pensamientos, todo un collage de imágenes en fracciones de segundo, siendo niño, siendo adulto, en uniforme, en la playa, en un cuarto desolado...

Las noches no son suficientes para todos estos sueños, y tú que siempre te atraviesas.

Entiendo todas las razones alrededor de todo esto que ocurrió, tengo la madurez para asumirlo, tengo la fuerza para soportarlo y me niego a rendirme y olvidarte. No deja de dolerme.

De algunas cosas me arrepiento y en verdad quisiera reponerlas; como el tiempo que no pude estar más cerca de ti.

Mi consciencia está tranquila, mi familia está a mi lado, el apoyo no escasea, los amigos no paran de alentarme, todos muy pendientes.

Es cierto que duele, es cierto que son hechos de la vida.

Sin duda habrá algunos cambios.

¡Qué ganas de arreglar todo de una vez!,
¡Qué urgencia de asumir esto sin pesares!

Lo único que no es cierto es que así, sin más, hayas dejado de existir, Eso es imposible, pues sé que estás sentado aquí, justo al lado mío.

Más allá de la política (A Ricardo L. 26 de nov. de 2020)

Habrá poco que pueda decir sobre tus logros y talentos, además, se saben por obviedad.

Es una gran responsabilidad, es sensato y honorable poder asumir el riesgo de depositar el futuro nacional en manos de quien uno considera que podría hacerlo bien, todo esto basado en argumentos específicos y en referencias aleatorias.

Eso me ocurre ahora contigo, hermano. Apuesto por tus logros alcanzados, por las batallas a librar, por tus sueños y desvelos, siempre con un norte escoltado por tus principios (individuales y masivos).

Apuesto por tu sed de justicia nacional por trascender aquí y allá, de poder lograr el balance entre tus exigencias filosóficas y profesionales y por tu permanencia en el ámbito familiar, conduciéndote (siempre) con congruencia.

Entiendo que habrás tenido momentos de cansancio, de bloqueo por todo el fango político con el que te encuentras lidiando a diario dado el ámbito en el que te desplazas y no dudo del poder de la razón y de la consciencia social de muchas personas que anhelan otro camino, otra senda, otros aires.

Asumo que cumplir años para ti es (ahora) una suerte de bastión reflexivo, y ya no solo una celebración coloquial y familiar (que también vale mucho).

Lo noto como un momento específico en tu vida que marca una disyuntiva entre "seguir intentando conseguir tus metas profesionales más ambiciosas a nivel nacional o regresar a un ámbito más bien discreto y coloquial"; una suerte de paradoja... como sea.

Apuesto por eso, porque sé, porque sabemos que valen la pena, tú y tus propuestas. Enhorabuena, sigue avanzando, que no hay mejor evidencia de tus posibilidades, que solo asomarte a tu alrededor.

Sigue sumando, sigue cumpliendo, años y metas.

¡Feliz cumpleaños, Richard!

¿Qué es uno?

¿Qué es uno sin la nostalgia sorpresiva?
Sin los recuerdos insufribles y sufribles,
sin dudas ni presiones, siendo solo receptor
de complacencias, dándose sin restricciones
ni medidas, sin reparos en regalar besos,
abrazos y suspiros, sin recibir
ni agradecimientos ni correspondencia.

¿Dónde queda uno en el camino?
Sin puntos de referencia de un pasado que ha
existido, sin la música escuchada,
el *soundtrack* de la vida, sin las risas,
cada llanto y las esperas impacientes,
sin la soledad de aquella tarde de septiembre
o el brillo de cada sol de mediados de
febrero.

El presente es el futuro inmediato
fruto del pasado de hace un parpadeo,
no son lustros ni centurias
es una acción recién vivida,
apenas un suspiro hace.

¿Qué es uno sin recuerdos?,
Un desmemoriado sin pretextos,
un improvisado desabrido sin anécdotas
que inspiren, parte de la bruma,
el ornato de un paisaje.

Todo en esta vida puede ser inspirador.
los malos ratos y la falta de templanza,
las frases de quienes han librado los pesares,
las llamadas repentinas que no habían
sucedido, los puños apretados, los tiempos
de bonanza, la sensación de incertidumbre.
Todo.

¿Qué es uno sin las decisiones asumidas?
Gracias a ellas estamos justo aquí
forjando un recuerdo consecuente,
que sea agradable o decepción;
no somos más que una serie de momentos
con la potestad de decidir.

"Un hijo no ata a nadie"

Han pasado años desde aquello, sigue resonando en la memoria, lo recuerdo y aún aprieto los ojos y ambos puños, además del sabor amargo al paladar, una respuesta tan soez a algo así de prioritario.

No hubo contingencias de mi parte, no las pudo haber jamás, es que no pude manejarlo, nada para interceder, algo que lo sopesara.

La impotencia quedó en mil hubieras que con el transcurrir del tiempo fueron sucumbiendo.

Una sola frase, más filosa que una cimitarra, una expresión más bien gutural, con los ojos dilatados y la boca a su máxima capacidad. Nunca debiste haberlo dicho.

Tácito y lapidario, exacto juego de palabras, ¿Alguna explicación? Nunca fue manifestada, ¿Arrepentimientos?, ni el más mínimo ápice.

Mil veranos luego o algo así, ya sin vida yo aquí yaciendo, estando todo en paz y con la consciencia más o menos restaurada, pues por dentro aún me quema como lava, a mil veranos de esa escena.

Evoco aquel segundo, eso fue lo que tardó y siento como si estuviera ocurriendo una y otra vez, solo que ahora es una suerte de eco que retumba sin parar.

Nunca supe cómo manejar aquella desalmada expresión, la vida no me alcanzó para comprenderlo, para asimilarlo.

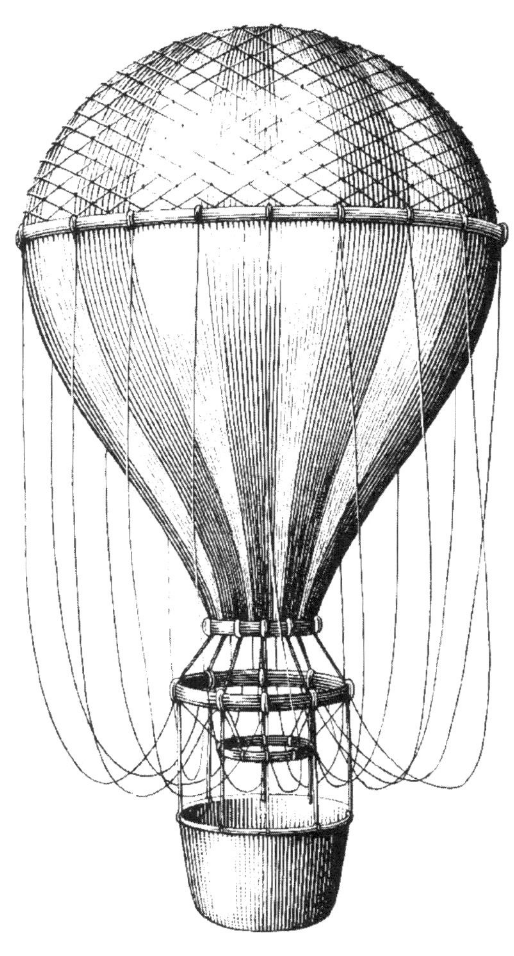

Toda la fuerza del universo concentrada

En tus suspiros.
En el roce con la punta de alguno de tus
dedos en la que sea de tus comisuras.
Justo al instante posterior a una sonrisa.
En la evidencia del recorrido de
una de tus lágrimas.

En la huella de tu pie sobre la arena húmeda
de esa tarde de febrero.
Al caer la noche y tú vestida así.
Cada vez que me guiñas justo
como lo acabas de hacer.

Al mostrarte de perfil, de frente, de espalda y
viéndome de lejos. Siendo que sostienes tu
mirada de reojo como sabes que me encanta.

Cuando acabas de llegar y frunces tu
entrecejo. Al decir adiós de forma
intempestiva. Si eres dócil y sumisa
o tenaz y nada más.

Cuando al llamarte por teléfono se hace un
silencio mutuo y sí, no dices nada en lo
absoluto, pero sé que estás ahí.

Al estar sentada al lado mío y reposas tu
mejilla en mi costado.

Cuando mordisqueas el lado derecho de tu labio inferior.

Cada vez que me sujetas con firmeza para pedirme un beso extra.

Después de llegar a algún acuerdo luego de ciertas diferencias.

En medio de cenas informales o de algún almuerzo distinguido.

Si se te ocurre una idea, justo en el momento en que inicia tu discurso.

Cuando no me hablas y te comunicas con las cejas. En cada sorbo que das a tu humeante taza matutina de café.

Las veces que al despertar buscas seguir acurrucada. Cuando atravesaste mis ojos con tu mirada la primera vez.

Las dos Carmen

(A Carmen Fernández Q.E.P.D.)

Una, la combativa, la tenaz, quien remolcaba almas desvalidas ya colapsadas. Esa Carmen, la que podía ser no políticamente correcta a la hora de expresarse, más bien con sarcasmo inteligente. La audaz, la firme.

La de vocación, la de entrega laboral y tal vez demasiada capacidad de servicio, incluso, sacrificando aspectos personales, pero ¿Cuándo se ha logrado equilibrio entre los que transpiran vocación?

No habría tiquetes suficientes para dar a todos los que quisieran expresar su agradecimiento por alguna ayuda recibida por esta mujer, no existe esa cifra, y no es un concurso de "quién está más agradecido con ella..." (Eso es lo que ella menos quisiera... siempre fue despegada en esos menesteres).

Y también está la otra Carmen, la terrenal, la que se agotó, la que se frustró, la que lamentó no poder ofrecer más (y no por ambiciosa, sino por humildad). La que quiso dar más de sí y no se sintió cómoda con todo lo que hubo hecho.

La Carmen que aceptó que le dolía, la que se dejó querer, la que se quebró, la que dudaba, pero sobre todo, la que dio más de lo que recibió (porque así lo decidió ella).

De todos nosotros ten honor, respeto y un ejemplo vivo de gratitud generacional (porque seguro que nuestros hijos estarán anuentes a todo esto).

En donde sea que te encuentres, en una ráfaga de viento, en una nube solitaria, en el horizonte rosáceo y vespertino.

Si te posas en el ala de una mariposa, en una taza de café o en un caballito de tequila, nuestro tributo a ti es perenne.

Hagamos un trato, tú nos cuidas desde allá y nosotros acá cuidamos tu legado, conservando tu recuerdo aquí, justo al lado izquierdo del pecho.

Ha sido un honor haberlas conocido a ambas.

De solo dar sin recibir

Dar puede ser emocionante, entregar de uno sin mayores condiciones, sin acuses de recibo ni esperar estrafalarias reverencias.

Es una forma de complacerse a uno mismo, viendo el goce en la mirada receptora, acrecentando los enlaces. Vínculos viento en popa.

Ceder funciona igual, permitirle a alguien más expresarse tal cual lo sienta, sin juzgarle ni exigirle. Uno tendría derecho a réplica; un inherente mutuo acuerdo, recíproca muestra de altruismo, pacto de beneficios en ambas direcciones

Edificantes zonas de confianza al inicio que se fortalecerían con el tiempo, con todas las buenas intenciones naturales si no fuera por la premisa que al final devasta cada iniciativa.

Romper con esa zona cómoda de solo dar sin recibir porque poco a poco va mermando la bondad, acabando solo uno administrando los recursos amorosos a manera de patrón repetitivo y en formato unilateral, ¡Vaya manera de exterminar lo planteado para dos!

Si se configuran esos nuevos patrones sin balance con certeza se instauran vetas de inquietud, semillas de desgaste que muy rápido germinan marcando posturas egoístas.

Semillas que muy rápido germinan, marcando posturas egoístas centradas en querer merecer y ya no dar.

Se acostumbran las personas y se centran en querer merecer y ya no dar.

Si no se rompe el círculo unidireccional de solo dar o solo recibir, la paciencia se deshace, todo se convierte en lasitud y nos esclaviza la locura.

De manera intermitente

Antes de que desaparezcamos por completo seguro que nos veremos, nos saludaremos y suspiraremos llenando a tope los pulmones, tal vez sea a solas o quizás en medio de un montón gente, esos detalles no son trascendentes ahora mismo.

Antes de despedirte, te pediré que me digas las cosas poco a poco, al fin y al cabo ya se sabe la intención de esta reunión, así que sería mejor que ya no haya discusiones por lo obvio, que no queden malos entendidos ni dudas ni una mentira más.

Antes de acabar de manera formal con esto, podríamos darnos un consejo sincero ya que tanto se supone que nos conocíamos.

Antes de decir adiós, podríamos poner algunas cosas en claro. Nada de reclamos, nada de barullo.

Diciendo adiós sabremos que ya podemos ir en paz, sin melodramas, solo pretendiendo hacer las cosas bien.

Ya no habrá más desaires ni nostalgias ni simulacros de reencuentros, ahora esto es tan real y tú estás justo frente a mí a un paso del adiós.

Que no queden ambiguas intenciones, que la luz esté presente.

Sé que esto es lo que deseamos, pues muchas fueron los intentos de reencuentro que no se sostuvieron y al final de todas las opciones queda esta que a ti te contenta más que a mí.

Solo hay algo que debo expresar antes cerrar este encuentro. Estoy convencido de que fallamos en que yo te quise a diario y tú a mí solo de manera intermitente.

El tiempo que más pesa

Cada quien percibe el tiempo diferente, a veces es ligero y muy fugaz; dos horas son veinte minutos, pero otras tantas, es más bien de difícil discurrir, enrarecido; nulo, a veces tan solo languidece; tres minutos son seis horas.

El tiempo cobra nuevos valores tales como el peso y el volumen, puede llegar a ser medido en kilos y contar con cubicaje y no es más que por ausencias de cualquier tipo y peor aún, si esa ausencia se combina con tal o cual momento.

El tiempo gana protagonismo según uno se emocione, sirve de telón para encubrir justificaciones, solo exacerba lo inminente, lo constata, afecta la sensopercepción, pues la aguza o entorpece.

No conviene como aliado, o acelera o se acaba o abandona, muta, se disfraza, todo un paliativo que expira frente a uno. Aunque una tonelada de tiempo, del tiempo que más pesa, puede llegar a ser soportada, no es recomendable, para nada.

Solo cuando el tiempo pesa y asfixia como ahora se puede comprobar una y otra vez lo frágil que uno es.

No es necesario invertir tiempo en las razones, tampoco en los motivos, esas solo son variables por igual.

Buscar recursos dentro de uno, aceptar la realidad y forjar la disciplina ayudan a retomar el andar y dejar de ser sometidos por un minutero.

Rhinocerotidae

Hace cuestión de seis años, en una cita médica regular de mi hijo, el pediatra dijo: "no me gusta lo que oí en el corazón de Lucas, les daré una referencia para el cardiólogo", era para dentro de un mes... Un relámpago atravesó mi columna vertebral, mil preguntas me obnubilaron, las contradicciones me aplastaron.

Dicha referencia fue acompañada de una serie de condiciones, observaciones, información y un listado de conductas y síntomas a observar... No pasaba un día sin revisar la coloración de sus labios y dedos, de verificar su frecuencia cardíaca o notar si había agotamiento.

Cumplido el plazo, tocó ir al hospital (al frío hospital), solo permitían el acceso al consultorio (al frío consultorio) de un familiar con su paciente. Pasé. Entregué el informe escrito (pocas palabras habladas), me pidieron que lo recostara sobre la camilla cubierta de ese incómodo papel blanquecino y templado y que le descubriera el pecho. No podía tocarlo, ni hablarle, solo estar ahí. Lucas siempre ha sido inquieto y nunca lo noté más impávido, más vulnerable, todo esto mientras le conectaban mil millones de cables y sensores.

Se hizo el monitoreo y luego nos pidieron salir a esperar una hora en la salita (la fría salita), de nuevo no hubo muchas palabras, apenas señales, casi comparado con los pictogramas de las azuladas paredes. Solo musitaba, "Hijo, aquí están papá y mamá".

Han sido los sesenta minutos más extenuantes de mi existencia terrenal. Al cabo, me llamaron, y esos seis metros entre la salita y el consultorio se convirtieron en mil desérticos kilómetros, no quise mirar atrás, no quise (ni pude) relajarme.

Pregunté de manera abrupta si todo estaba bien con Lucas. El médico abrió un sobre manila frente a mí... lo leyó sin mayor detenimiento, aclaró su garganta, me miró y dijo:

"Señor, todo ha salido muy bien, el corazón de Lucas no tienen ningún daño", y lapidó, "su hijo tiene el corazón de un rinoceronte".

Y Lucas lleva, desde esa fecha, confirmándonoslo... Feliz cumpleaños Lucas. Diez años de ser una fuente autogestionada de energía nuclear infinita. Anda, vuela, trasciende y siempre, siempre que lo requieras podrás volver a casa...

Encuestado

Cuando tenía ocho o nueve años le pregunté a mi mamá por qué mis amigos y yo éramos tan distintos, si todos teníamos casi la misma edad... Ella me dijo:

—No sé hijo, pero hay algo que se llama psicología que lo explica muy bien.

Al llegar a mi adolescencia, Panamá sufrió una invasión militar y tuve que alejarme, me fui y estudié lejos de casa por catorce años, sobreviví.

Cuando entré a la licenciatura en psicología me sentí fascinado, emocionado, obteniendo todas esas respuestas (al fin) y, sobre todo, verificando muchas de esas teorías y conceptos en mí mismo, dada la vida (lejos de casa) que estaba llevando.

Me asombró saber sobre las repercusiones de la crianza, el valor de la inteligencia y los tipos de personalidad, reconocer todos esos hechos documentados, saber de la empatía, la fuerza de voluntad, la sinergia, el potencial de maldad o de sobrevivencia. Los trastornos y síndromes, las consecuencias del abandono emocional, el vacío de la soledad, la gran importancia de la amistad, la inherencia de las emociones, el poder curativo del perdón, la resiliencia (el más fascinante concepto que he estudiado).

Mi vida era un catálogo de todo eso. Me sentía pleno.

Luego tocó ir a la práctica real, a ejercer y verificar la vocación haciendo intervenciones, experimentos, los primeros diagnósticos y seguimientos formales.

Verifiqué la grandeza del amor de madres de pequeños desahuciados por leucemia, el efecto devastador de las adicciones en las familias, la penosa tragedia del suicidio, el desprendimiento de la realidad (muchas veces subestimada) de los trastornos psicóticos, la dureza del bullying (iniciado y fomentado en las propias familias) y toda una gama de circunstancias que solo me invitaban a prepararme más, a dar más de mí a todas esas personas.

Quería rescatarlos a todos. Estudiaba, intervenía, madrugaba, acompañaba, hasta donaba sangre y tiempo extra...

Fui testigo de grandes logros y hazañas humanas como las recuperaciones de cosas horribles como los trastornos alimentarios, salidas de depresiones muy profundas, reencuentros familiares luego de años de ira y abandono, sobrevivencia a muchos tipos de cáncer, restablecimiento de las ganas de vivir...

Los mejores "Gracias, Román", los he recibido de esas personas...

Catorce años después, regresé a mi patria, entusiasmado, edificado, apto, ávido, y dio inicio esta etapa de mi vida profesional, una especie de tributo moral a todo aquello que logró darme los bríos necesarios para desempeñarme en esta disciplina.

Mi vida se transforma, mejora con cada persona que puede lograr descubrir su potencial de sortear sus circunstancias imposibilitantes; con personas que deciden y logran avanzar, mejorar, crecer.

Esa es mi respuesta cuando me preguntan:

—¿Por qué estudiaste psicología?

Felicidades a todos mis colegas nacionales y extranjeros, a los psicólogos que, apoyando a otras personas, mejoran sus aspectos personales.

Fui

Primero no fui nada,
luego fui polvo y arenisca,
más tarde, vapor de cataclismo,
y tú nada que rondabas.
Años miles después lo intenté siendo el lecho
del océano, cauce kilométrico de ríos y
glaciares y una vez más no venías.

Insistí en verte y fui de varias plantas,
líquenes y helechos, cientos de miles de
esporas y generaciones de pistilos.
Llegaron dinosaurios, llegaron los humanos,
fui piedra y tinta vegetal,
cultivo y también la llama
de una antorcha medieval.

Morí y resucité cuatrocientas veces antes de
esta vida, luché contra fuerzas atmosféricas
tratando de encontrarte.
Fui árbol, fui ciervo,
fui montaña y no te había notado,
luego fui carabela y astrolabio.
Fui escritura, escultura y partitura,
pero nada que nacías,
decidí ser arroyo y una taza de infusión,
opté por ser viñedo o semilla de café
y nunca me bebiste.

Entonces transmuté en ser humano y estuve
mucho más cercano a ti,
sólo diez generaciones y pude estar
al fin a tu costado.
Te conocí, te respiré, viví feliz
y fallecí justo al lado tuyo,
ahora puedo ser ceniza o lava incandescente,
igual que espuma o asteroide sideral.
No importa, pues ya estuve muy cercano a ti;
puedo ser el tiempo e iniciarlo todo
una y otra vez.

¿Y tus propias crónicas?

Escribe al menos dos.

El autor

Román Emiliani Vargas. Nació en la ciudad de Panamá en febrero de 1974, donde vivió hasta los diecisiete años y tras los sucesos de la intervención militar a Panamá por parte de los Estados Unidos en 1989, viajó a México donde completó los estudios de bachillerato, licenciatura en psicología clínica y especialización en terapia familiar y de parejas.

Cada experiencia personal y laboral a lo largo de ese viaje fue forjando la idea de recolectar dichas vivencias en un formato más bien práctico, algo que pudiera compartirse más allá de las anécdotas contadas en los convivios con cercanos.

De vuelta en Panamá, en el 2004, luego de casi catorce años, vincula la psicología con la docencia, reconociendo e insistiendo en el ajuste favorable de los estilos de pensar y de valorar los recursos particulares y comunes, entendiendo que siempre se puede ser mejor persona.

Ejerce actualmente como psicólogo y terapeuta, docente universitario, es también conferencista y capacitador en distintos niveles académicos e instancias y divulgador de contenidos pedagógicos y psicológicos en redes sociales. Ha escrito dos libros anteriormente "Diálogos de una persona solitaria" (2007) y "Alrededor del interior" (2011).

"Es sabido que a todos nos tienden a ocurrir cosas semejantes; triunfos, satisfacciones, fracasos, abandonos, desaliento, (...) toda una gama de circunstancias y emociones que se convierten en ideas consistentes o simples recordatorios pasajeros. Uno decide dónde ubicarlas.”

Redes sociales:

emilianiroman@gmail.com
@romanemiliani

Made in the USA
Columbia, SC
21 October 2024

44404307R00100